INVENÇÃO DO FOTOLIVRO DE LITERATURA

ANA FERNANDES
& JOÃO QUEIROZ

numa

SUMÁRIO

PREFÁCIO

É necessário começar a apresentação do livro *Invenção do fotolivro de literatura* observando que se trata de um estudo extremamente generoso, que de modo claro e conciso abarca uma pluralidade de questões associadas ao fenômeno do fotolivro de literatura: não só sua invenção, que o livro mostra ser parte integral da história da própria fotografia, mas sua autonomia enquanto gesto e performance autoral, que se consolida nas relações dinâmicas entre diferentes mídias em suas variadas composições. Não é exagero dizer que se trata de um gesto crítico e performático, que propõe dar realidade conceitual ao fenômeno do *Fotolivro de Literatura* ao percorrer sua definição a partir de uma bibliografia exaustiva sobre seus principais aspectos históricos e teóricos.

Desta maneira, o livro *Invenção do fotolivro de literatura* oferece um estudo inaugural que demarca um campo de pesquisa a ser explorado no futuro, com relevância para vários campos de conhecimento, como os estudos da literatura, das artes visuais, da mídia, do design gráfico, da história do livro e, mais geral, da relação entre palavra e imagem.

Exemplos de obras que convidam para esta discussão não faltam, e os autores mencionam uma série importante de títulos brasileiros de experimentações intermidiáticas com fotolivros de literatura e livros de artista desde o início do século XX. São obras de notáveis como Euclides da Cunha, Oswald de Andrade, Jorge de Lima, Guilherme de Almeida, Vinícius de Moraes, Décio Pignatari, Paulo Leminski, Roberto Piva, Maureen Bisilliat, Arnaldo Antunes.

Ampliando para uma perspectiva global, a multiplicidade de experimentos e realizações evidenciam a necessidade de um trabalho conceitual rigoroso, como aqui apresentado, para poder discernir entre os formatos múltiplos de livros ilustrados, livros de arte, livros de artistas, catálogos, fotolivros, foto-poemas e fotolivros de literatura, entre outros em que a relação palavra-imagem - seu acoplamento, combinação e colocalização - ganha uma importância significativa e irredutível para a leitura e compreensão de sua realização.

Os autores mostram que o nascimento da fotografia aconteceu intimamente vinculado à história do livro a partir dos exemplos *Photograph of British Algae: Cyanotype Impressions* (1843-1853), de Anna Atkins, e *The Pencil of Nature* (1844), de William Henry Fox Talbot. Mas desta interação no livro entre o texto e a palavra proliferam diferentes possibilidades de interação entre as duas mídias. Ela amplia o campo teórico da intermidialidade e representa um dos alicerces que sustenta o desenvolvimento do argumento dos autores. O texto pode predominar sobre a imagem, ou a imagem pode se sobrepor ao texto, mas a multiplicidade de variações desta relação catalisa em si um aspecto dinâmico do processo de significação.

O grande número de títulos de fotolivros de literatura registrados pelos autores no Brasil, na América Latina, e no mundo ocidental em geral, torna flagrante a falta de pesquisas sistemáticas do fenômeno. Da mesma maneira, se observa uma falta geral de atenção a este gênero experimental nas diversas histórias da literatura, que quase sempre apenas se limitam a mencionar este tipo de experimento autoral e editorial como de relevância marginal.

O livro *Invenção do fotolivro de literatura* evidencia a gravidade desta ausência, ao mesmo tempo em que cria um convite para futuras pesquisas partindo do presente trabalho como fundamento sistemático, teoricamente sólido.

Os fotolivros de literatura analisados na segunda parte do trabalho – o clássico *Os Sertões,* de Euclides da Cunha (1902), e o livro de fotomontagens e poemas de Jorge de Lima (1943), *A pintura em pânico* – não são apenas dois exemplos ilustrativos entre muitos possíveis. Cada um desses livros recebe uma leitura e análise em profundidade, convencendo o leitor sobre a absoluta necessidade de reconhecer a importância do aspecto composicional na proposta autoral tanto de Euclides da Cunha quanto de Jorge de Lima. A meticulosa análise das primeiras edições, com a inclusão de fotografias, ilustração e mapas sob controle do autor, não deixa dúvida a respeito da importância irredutível deste aspecto, por tanto tempo ignorado no projeto autoral de Euclides. O livro de Jorge de Lima nunca foi considerado de relevância maior pela crítica. Mas a retomada de sua proposta recupera o pioneirismo deste livro, impulsionado por um gesto "surrealizante" na obra do poeta.

Karl Erik Schøllhammer
Londres, julho 2024

1

INTRODUÇÃO

Os fotolivros aparecem muito cedo na história da fotografia. Não é surpreendente. O livro logo pareceu uma tecnologia natural à fotografia, e há muitas razões para explicar isso. A portabilidade do livro, objeto compacto, e leve ("Talvez o livro seja uma das maiores heterotopias. Um objeto relativamente pequeno, que se pode segurar com as mãos, mas que contém infinitos espaços virtuais");[1] processos industriais de impressão, com amplas formas de reprodução, em muitas escalas; capacidade de distribuição e fácil disseminação para grandes públicos; sua estrutura sequencial, uma propriedade muito favorável à construção de narrativas e protonarrativas. Essa propriedade do livro, sequencial-narrativa, resulta da interação entre diversas características, físicas e imateriais, como a organização das páginas, e nossa capacidade de reconhecer padrões, e estabelecer conexões (espaço-temporais) entre elementos visuais e verbais. Essa interação contribui para a formação de narrativas, mesmo que em formas precárias ou muito abstratas.

O fato histórico é que fotógrafos rapidamente adotaram o livro como suporte, e experiências intermidiáticas e multimodais, em prosa e poesia, surgiram rapidamente, e em grande quantidade. É enorme a profusão de exemplos que surgem no final do século XIX, início do século XX, baseados em diferentes técnicas de composição, colagem e justaposição. Muitas são obras multiautorais de colaboração entre fotógrafos e escritores; outras são monoautorais (capítulo 2).

Os fotolivros são uma classe, uma categoria ou um tipo de livro. Poucos duvidam que se trata de uma classe que não se confunde com o livro ordinário, com o livro de "produssumo",[2] como Décio Pignatari batizou livros de consumo e produção ordinários. Mas há problemas ainda em aberto. Que classe é essa? Como defini-la com alguma precisão? A ideia que nós vamos defender aqui é que o fotolivro de literatura é um livro de artista e um fenômeno intermídia, ou intermidiático, como muitos autores preferem. Como devemos abordar esse fenômeno? Que relações podem ser estabelecidas entre o livro de artista e o fotolivro, e entre esses e o fotolivro de literatura? Como estão relacionados poesia - ou prosa - e fotografia em fotolivros de literatura? Como, ao longo de quase dois séculos, poetas, artistas e fotógrafos exercem a atividade de "unir",[3] "combinar",[4] "acoplar",[5] "mesclar",[6] "conectar"[7] ou "aliar"[8] texto verbal e fotografia em um mesmo processo, ou "sistema de signos",[9] que é o fotolivro de literatura? Como explicar a relação entre palavra e imagem fotográfica?

Nossa ideia é que muitas dessas questões podem ser consistentemente respondidas se abordadas de uma certa perspectiva, que se tornou, em anos recentes, um domínio acadêmico de investigação - Estudos de Intermidialidade (*Intermedial Studies*). Os fotolivros de literatura *combinam* diferentes mídias. Elas estão colocalizadas no livro, como vamos detalhar. Nós usamos aqui dois exemplos para descrever como isso acontece. O primeiro, muito conhecido de todos nós, é *Os Sertões*, de Euclides da Cunha. Isso pode parecer surpreendente - *Os Sertões* são um fotolivro de literatura, um experimento intermidiático de literatura expandida. O outro, menos conhecido, é *Pintura em pânico*, de Jorge de Lima. Ele inaugura, entre nós, processos de fotomontagem em fotolivros. Esses processos já eram muito prestigiados nas vanguardas europeias, quando foram realizados. Entre nós, eram inéditos.

Mas estes são apenas dois exemplos. No Brasil, ocorrem muitas experimentações intermidiáticas com fotolivros de literatura e com livros de artista desde o início do século XX. Nomes como Euclides da Cunha, Oswald de Andrade, Jorge de Lima, Guilherme de Almeida, Vinícius de Moraes, Décio Pignatari, Paulo Leminski, Roberto Piva, Maureen Bisilliat, Arnaldo Antunes, entre muitos outros, são mestres ou inventores nesse contexto de experimentação entre fotografia, artes visuais, design gráfico e literatura.

Em termos sumários, e com foco em aspectos mais gerais e metodológicos, este é um livro dedicado à análise da relação palavra-imagem. É claro que muito já foi dito sobre essa relação. Em Literatura Comparada, ela tem sido exaustivamente abordada – "na reformulação disciplinar da Literatura Comparada, destaca-se atualmente o estudo da relação entre texto e imagem, ou seja, entre a representação visual e a representação literária, que abre um campo fértil para a compreensão da literatura numa sociedade cada vez mais absorvida pelas dinâmicas da cultura da imagem".[10] O fenômeno mais específico que examinamos, literário-fotográfico, ainda parece representar um novo campo, ou subcampo, de estudos. Parte da dificuldade encontrada, muito mencionada, vincula-se ao aparato teórico e metodológico heterodoxo exigido para sua abordagem: algo posicionado entre Literatura Comparada, Crítica e Teoria da Literatura, Teoria da Fotografia, Semiótica da Literatura e Semiótica Visual. Na ausência de uma literatura crítica bem definida, bem delineada em seus limites, e em suas pretensões sobre fenômenos fotográfico-literários, híbridos ou expandidos, é necessário situar o fotolivro de literatura entre áreas já existentes e interessadas no conjunto de problemas mencionados acima. O que nós fazemos aqui é acionar um conjunto de ideias bastante conhecidas no campo dos Estudos de Intermidialidade.

Não é um exagero afirmar que nenhuma estrutura mais ou menos rigorosa, terminológica, metodológica e teoricamente orientada ou constrangida por teorias e modelos tem sido usada para abordar os principais problemas da relação entre fotografia e texto verbal em fotolivros de literatura. Isso deveria ser tratado como um problema? Nossa resposta é um enfático "claro que sim". É muito ilustrativa a proliferação quase descontrolada de termos teóricos (ou presumivelmente teóricos) usados para definir a relação entre fotografia e texto verbal. Ela revela como é movediço o terreno de definições, de abordagens, e mesmo de estratégias gerais. Mal ajustados a teorias conhecidas, os termos muitas vezes são retirados de áreas distantes, e possuem muitos sentidos - social, cultural, psicológico, emocional, biológico - ou estão relacionados ao discurso mais usual e a significados vernaculares. Em quase todos os casos, há pouca atenção aos conceitos e termos fundamentais - "nova vida",[11] "interação simbiótica",[12] "casamento estreito",[13] "combinatória afinada",[14] "aventura perceptiva",[15] "mescla singular",[16] "mundo próprio",[17] "parceiras de dança",[18] "cumplicidade",[19] "conjunto de exorcismo",[20] "aliados"[21] estão entre os termos mais utilizados por pesquisadores, fotógrafos e poetas para indicar (e, em alguns casos, explicar) como estão relacionados palavra e fotografia em fotolivros de literatura. Vejamos apenas alguns casos e contextos em que eles aparecem:

> Assim, ocorre um duplo nascimento quando cada livro desses é publicado: de uma imagem que caminha junto com o texto, e de um texto que recebe **nova vida** pela imagem.[22]

> O fotolivro torna-se assim um suporte específico cuja experiência perceptiva, estética, se define pelo **casamento estreito**, poroso, entre fotografia e livro, fotografia e texto, fotografia e design gráfico; ou seja, é uma imagem fotográfica que se expande ou se hibridiza com as condições plásticas que a diagramação especial e o design oferecem, assim como a **combinatória afinada** de visualidade e textualidade.[23]

Contudo, a idiossincrasia dos fotolivros consegue ultrapassar esta categoria do livro de fotografia, apontando para outra **aventura perceptiva**, iconográfica, já que agora a fotografia vai se inscrever na exigência de outra leitura, como se, graças à edição, se inventasse outro espaço de percepção.[24]

Tomemos agora alguns exemplos do Brasil. *Amazônia* (1978), de Claudia Andujar e George Love, é uma **mescla singular** de política e pessoalidade. Num primeiro nível, pode-se vê-lo como um fotolivro importante que trata de questões ambientais e defende tanto a preservação da floresta amazônica como o respeito pelos índios ianomâmis.[25]

O grande fotolivro precisa ter um tema, uma ideia abrangente, e deve funcionar, como me disse Gossage numa conversa, como "**um mundo próprio**". Ou seja, ele deve mostrar uma voz autoral única – talvez única apenas para esse volume em particular.[26]

Às vezes com certa condescendência por parte de quem escreve, como ocorre em *San Isidro*. Outras, com a **cumplicidade** de *Versos de Salón* (...) Em outras ocasiões, poeta e fotógrafo parecem realizar um exercício **conjunto de exorcismo**, como se comprova em *Paranoia*.[27]

Porém, muitos dos grandes escritores latino-americanos tiveram uma relação muito especial com o visual, e concretamente com a fotografia, o que sem dúvida explica a existência de fotolivros nos quais palavra e imagem se transformam em **parceiras de dança**.[28]

Vistas isoladamente, emudecem; dispostas em cadência de luz e sombra, retomam a vida, desvendando pelo olhar o coração. Ousei, a este sequenciamento da realidade

> ilustrada, **aliar** a palavra de Euclides da Cunha, testemunha mor do povo brasileiro, homem sóbrio e severo, arrebatado pelos desenfreios da paixão.[29]

Mesclas, aventuras, casamentos, bailados, exorcismos, simbioses... parecem coisas muito diferentes. Pode-se argumentar que existem muitas formas de explicar ou caracterizar as relações foto-literatura, e que tal proliferação é consequência direta de tamanha variedade. Mas é pouco provável que a causa possa estar relacionada a alguma precisão descritiva, como é a presunção de muitas abordagens, ou baseada em diversas perspectivas; ou mesmo que elas possam formar um cenário de descrições complementares, interessadas em aspectos distintos das relações entre fotografia e poesia ou prosa em muitos exemplos. Sobre uma certa "presunção de precisão descritiva", este parece ser o caso de muitos autores ao optarem por uma terminologia extraída de outras áreas - por exemplo, da biologia. Cria-se, então, uma atmosfera de certo cuidado com o uso de termos, já que metáforas biológicas, que têm significados próprios, são adquiridas e usadas a partir de suas áreas de origem. Em apenas um trabalho, nós encontramos, para designar o que a autora chama de "fotografia escrita"[30] - "contaminação",[31] "metamorfose",[32] "nutrição",[33] "transformação"[34] -, além de metáforas espaciais - "apagamento de fronteira",[35] "cruzamento",[36] "deslocamento",[37] "intermediação",[38] "passagem".[39] O acúmulo de termos pode ser uma estratégia bastante útil para uma aproximação inicial do fenômeno examinado, cercando-o de adjetivos, nomes e verbos. Mas seu efeito, continuado, e sem discussão sistemática, parece gerar apenas muita confusão.

Mas há outra possibilidade, mais parcimoniosa. O aparente descontrole sobre as terminologias e classificações deve-se a alguma despretensão teórica, explanatória, ou histórica - poetas e fotógrafos estão pouco interessados nas definições, mais ou menos rigorosas, e nas explicações. Escritores, fotógrafos, curadores, editores, e mesmo pesquisadores, usam uma grande variedade de termos sem muita atenção (ou preocupação) metodológica, seja porque desconsideram os riscos típicos do uso de termos vernaculares, ou porque parecem estar pouco interessados na exploração de uma região em que as relações são investigadas e definidas com algum rigor (sem polissemia e ambiguidades, por exemplo), ou porque uma certa vaguidade e polissemia, típicas do uso corrente da linguagem, parecem favorecer uma certa perspectiva. Muitos filósofos argumentam que pode ser bastante revelador levar em consideração os usos correntes da fala. John Austin é um deles. Segundo Hacking,

> Austin dava muita importância ao linguajar comum e achava que, muitas vezes, embarcamos em delírios filosóficos sem atentar devidamente para o que estamos dizendo. No capítulo 7 de suas preleções compiladas no livro *Sense and sensibilia (Razão e sentidos)*, ele nos diz o seguinte acerca da realidade: "Não podemos desprezar frases ingênuas, porém familiares, como 'na realidade, isto não é creme'". Essa era sua primeira regra metodológica.[40]

Nossa desconfiança concentra-se aqui em algo mais específico – quando utilizamos termos como "casamento estreito", por exemplo, "casamento" pode significar coisas muito distintas para os leitores. Como extrair algum padrão (descritivo ou explanatório), com algum controle, deste uso? Parece-nos uma tarefa praticamente impossível.

Como nós tratamos esse problema? Palavra (poesia ou prosa) e imagem (fotografia) estão "acoplados", "combinados", "colocalizados" no fotolivro. Esses termos – acoplamento, combinação, colocalização – são usados aqui para tratar da relação palavra-imagem. Eles funcionam para uniformizar a terminologia. Trata-se de uma opção tática. Acoplamento é um termo usado em muitos domínios, inclusive na língua ordinária. Segundo uma definição vernacular, "(1) trata-se da união, ou ligação, entre dois ou mais corpos, que formam um conjunto único; (2) conexão, compatibilização (de fatos, ações etc); (3) ação de acoplar".[41] Ele funciona aqui como uma metáfora epistêmica para se referir à relação entre os dois componentes ou processos, fotografia e texto verbal. Em física, o termo se refere a uma propriedade que é bastante relevante em nossas análises: acoplamento é a influência recíproca que exercem dois (ou mais) sistemas físicos.[42] Em engenharia mecânica, é um componente de transmissão responsável por fazer a ligação do eixo do motor e o equipamento que será acionado, transmitindo o torque e a rotação do eixo motriz para o eixo. É o componente de ligação entre os componentes. Esses termos são usados para destacar a "influência recíproca", a "ligação" irredutível, entre foto e texto (prosa ou poesia).

Outro termo usado para definir as relações entre fotografia e texto é "combinação". Mas, nesse caso, nós defendemos um uso muito particular do termo. Porque não se trata apenas de uma metáfora extraída de uma área distante, mas da aplicação de uma terminologia desenvolvida no interior da filosofia do signo, ou semiótica, de C. S. Peirce[43] para definir e caracterizar o que ele chama de semiose, ou "ação do signo". Mais exatamente, para definir uma relação triádica indecomponível entre signo, objeto e interpretante, ou semiose. Para Peirce, "a palavra 'combinação' significa precisamente algo envolvendo uma relação triádica".[44] A "ideia [de combinação] é uma tríade".[45] Essa tese tem implicações importantes. Entretanto, não vamos desenvolvê-la detalhadamente aqui. Ela demandaria uma tecnicalidade cujo espaço não possuímos. Por enquanto, é suficiente afirmar que o fenômeno observado não é apenas o resultado do acoplamento de duas entidades ou processos (diádico), texto verbal e fotografia. Ele envolve, de modo irredutível, um terceiro termo relacional, que, de acordo com o modelo de Peirce, é o efeito em um intérprete.

Outro termo usado para descrever o que observamos em fotolivros de literatura é "colocalização". Ele refere-se à posição relativa de fotografia e texto, e vice-versa. No fotolivro de literatura, texto verbal e foto ocupam o mesmo "espaço-tempo de leitura", que são suas páginas interpretadas.[46] Mas aqui, como veremos, há outra escala de observação em que o termo foi empregado. Aquela em que comparamos, através dessa propriedade, as diversas edições de *Os Sertões*, de Euclides da Cunha.

Temos afirmado, em diversas publicações,[47] que fotografia e palavra exercem uma "influência modulatória", mútua e recíproca, um tipo de correlação,[48] em fotolivros de literatura; uma influência cuja "irredutibilidade" sugere tratar-se de um novo sistema ou processo. Mas em nossa argumentação, esta asserção, e outras, devem estar vinculadas a teorias e modelos. Por quê? A resposta mais simples e direta é que modelos são artefatos que pesquisadores usam para descrever, analisar e explicar. Eles são criados para comunicar algo pouco, ou mal, conhecido (fenômeno, propriedade ou estrutura) de um sistema para outro sistema. Usamos modelos para revelar processos, características, estruturas e mecanismos. Modelos são estratégias usadas para explicar estruturas e processos por aproximações, através de simplificações. É claro, contra as inevitáveis acusações, que sabemos que toda modelização envolve simplificação, abstração e sistematização de um fenômeno. É basicamente por isso que modelos funcionam. Sobre os modelos usados aqui, exploramos diversas possibilidades de aproximação – relação foto-texto verbal no fotolivro de literatura –, principalmente através dos Estudos da Intermidialidade (capítulo 2).

O FOTOLIVRO DE LITERATURA – TIPOS E SUBTIPOS

Como um experimento de caráter tipicamente intermidiático, o fotolivro de literatura pode ser classificado em tipos e subtipos (entidades elaboradas nos Estudos de Intermidialidade), e pode ser considerado um subcampo do grande "guarda-chuva" que é o campo de pesquisa Livro de Artista. Investigamos tais tipos e subtipos, e suas principais características.

É importante fazer um parêntese aqui: usamos os termos "fotolivro" e "fotolivro de literatura" para designar fenômenos em que estão relacionados, em livros, fotografia e texto verbal (prosa ou poesia). Esses termos têm diversas variações. Em inglês, o termo *photographic book* aparece como título de um ensaio em 1942, de Elizabeth McCausland, e reaparece em 1986, no *Photographic Book to Photobookwork: 140 Years of Photography in Publication*, de Alex Sweetman. Mas foi no início do século XXI que o termo "fotolivro" realmente se popularizou, por meio da publicação de muitas antologias. Joaquim Marçal, pesquisador da divisão de Iconografia e coordenador da Biblioteca Nacional Digital (BND), da Biblioteca Nacional (BN), prefere o termo "livro fotográfico" porque considera "fotolivro" inadequado – "fotolivro é aquele tipo de livro de imagens, fotografias pessoais, que as pessoas produzem em um *template* padronizado em websites especializados". Para Marçal, "livro fotográfico" é mais indicado para tratar o fenômeno, já que preserva o sentido original do análogo em francês, *"livre photo"*. Para o autor,

> [há] uma outra questão, terminológica, bastante discutível, ao disseminar o emprego do vocábulo fotolivro para designar os livros fotográficos. Vale, aqui, uma observação de ordem linguística: em nossa época, o *photographic book* passou a ser tratado pela redução *photobook* – que nem por isto deixou de carregar o mesmo significado contido na forma mais extensa do termo, ou seja, livro fotográfico. Pois bem, na língua espanhola, difundiu-se o termo *fotolibro* e, no Brasil, fotolivro. Mas a tradução de *photobook* para o português deveria ser livro-foto.[49]

O termo "fotolivro" tem sido usado para designar um variado conjunto de publicações fotográficas, incluindo diversas formas de criação, impressão, publicação e divulgação de material fotográfico. Para Badger e Parr, trata-se de um livro, com ou sem texto, onde a "mensagem principal" é transmitida através de fotografias – "é um livro de autoria de um fotógrafo ou de alguém editando e sequenciando o trabalho de um fotógrafo, ou mesmo uma certa quantidade de fotografias. Fotolivros possuem um caráter específico próprio, distinto daquele de impressões fotográficas".[50] Shannon sugere que uma definição precisa e objetiva de fotolivros, com um caráter histórico-social, deveria incluir "publicações criadas em diferentes circunstâncias, dentro de uma variedade de pontos de vista políticos, sociais e estéticos, resultando na homogeneização de uma vasta gama de material fotográfico já publicado".[51] Isto ainda não foi elaborado. Ele também destaca, sem explicar muito detalhadamente o que entende pela noção de "função artística", as características artísticas do fotolivro, e afirma que "o termo 'fotolivro' tipicamente define um tipo de livro criado para executar uma função primariamente artística".[52]

Para Maffei, o fotolivro é um "um livro que não é apenas e exclusivamente um livro ilustrado até a exaustão estética",[53] mas "uma entidade essencial e analítica na qual as características visuais, a composição tipográfica particular, os espaços em branco e até mesmo o formato são inseparáveis do seu conteúdo".[54] O fotolivro "não é observado como suporte para uma operação artística, mas como um objeto de arte em si".[55] Moritz é outro autor empenhado em uma tentativa de definição mais precisa.

> No meio acadêmico não é nada claro que este seja o termo mais adequado, porque a fronteira com a revista, o fanzine ou o catálogo é tão difusa... Depende também da função de cada fotolivro. Alguns serão concebidos mais como uma obra de arte; outros, como meio de transmissão de ideias,

> que terão um mercado diferente daquele de consumo mais "fetichista". Encontramos também edições de apenas 50 fotolivros, que têm preços mais altos porque, talvez, também sejam para um mercado mais limitado. Depende muito.[56]

Muitos autores insistem que os fotolivros estão entre os mais importantes fenômenos (intermidiáticos) desenvolvidos no último século,[57] e que podem ser descritos como uma complexa rede "de relações entre fotografias, textos e outros materiais visuais".[58] Mais do que uma compilação de imagens fotográficas, sua organização é caracterizada como uma densa colaboração entre mídias ou sistemas de signos. O texto, em prosa ou poesia, o design gráfico, a tipografia, a distribuição sintática-visual de todos os componentes impressos, enfim, tudo parece ser decisivo em sua concepção, de um lado, e em sua interpretação, de outro. Para Badger e Parr,[59] os fotolivros são mais "ambiciosos" do que livros ilustrados com fotografias ("ambição" refere-se aqui às preocupações artísticas, ou estéticas, relacionadas à intermidialidade observada). Para Boom e Prins, o "fotolivro é uma forma autônoma de arte, comparável a uma escultura, a uma peça de teatro, ou a um filme. As fotografias perdem o seu próprio caráter de coisas 'em si' e são traduzidas em tinta de impressão, transformadas em partes de um evento dramático chamado livro".[60] O livro torna-se

> um suporte específico cuja experiência perceptiva, estética, se define pelo casamento estreito, poroso, entre fotografia e livro, fotografia e texto, fotografia e design; ou seja, é uma imagética fotográfica que se expande ou se hibridiza com as condições plásticas que a diagramação especial e o design oferecem, assim como a combinatória afinada de visualidade e textualidade.[61]

Assim, fotolivros são tratados como fenômenos estéticos intermidiáticos, ou multimodais. Mas definir o fotolivro, como encontramos na seção museológica do Reina Sofía, como "um livro que contém um conjunto de imagens fotográficas ordenadas com determinado ritmo visual, de modo a produzir uma sensação de narrativa próxima à literatura e ao cinema" (Museo Reina Sofía; seção: Fotolivros), parece insuficiente para distingui-lo, em sua natureza, histórica, semiótica e ontológica, do álbum ou do catálogo de fotografias.[62] Para Maffei, "livro ilustrado, livro de pintor, livro de arte, livro objeto, livro de artista - definições amplificadas por um uso diferente em diferentes idiomas - são algumas das caixas críticas em que se pretende classificar o assunto".[63]

Se não nos parece surpreendente chamar o fenômeno pelo seu nome, ou atribuir a ele um campo de pesquisa emergente, é importante notar que são recentes as motivações que deslocaram o fotolivro para o centro das discussões, após décadas em que ele ocupou espaços apenas periféricos e secundários. Algumas estão relacionadas às dinâmicas de produção e difusão. O desenvolvimento tecnológico dos processos de edição e publicação, a impressão digital, com tiragens menores e mais baratas, o surgimento de pequenas editoras independentes, os novos canais de difusão e a distribuição e aquisição pela internet são alguns fatores que contribuíram para a ascensão do fotolivro e sua consagração como área definitiva de exploração criativa e investigação acadêmica - "além disso, a diferenciação conceitual entre 'álbuns de fotos' e 'fotolivros' foi desenvolvida. Esse conceito, ao se estabelecer, levou a um crescente desenvolvimento de propostas criativas".[64] Também levou, na última década, a um aumento muito considerável na produção de textos, acadêmicos e de divulgação, sobre fotolivros.[65] É notável a variada, e eclética, coleção de métodos de descrição e análise, trabalhos críticos e teóricos dedicados, sobretudo, a detalhar o caráter multimodal que caracteriza o fotolivro. As abordagens, em geral, destacam a interação entre diversas mídias e sistemas semióticos.[66] Contudo, estudos teóricos específicos, e dedicados mais exclusivamente aos fotolivros de literatura, ainda são escassos.

O fotolivro de literatura resulta de um tipo de experimentação que sofre, muito decisivamente, a ação (um tipo de influência modulatória) de sistemas verbais, em prosa e/ou poesia. Nós observamos, portanto, um incremento considerável de complexidade construtiva e interpretativa, relacionado à introdução de processos verbais. Em fotolivros de literatura, a palavra parece estar vinculada à imagem fotográfica em uma forma de interação, de codependência, bidirecional. Eles criam um sistema acoplado que pode ser observado como um novo sistema, ou um novo gênero. Influências mutuamente modulatórias vinculam palavra, imagem fotográfica e outros sistemas envolvidos – tipografia, espaço de impressão, qualidade material das páginas etc.

Há uma importante observação neste ponto – as obras abordadas, em geral, resultam de alguma forma de colaboração prosador/poeta-fotógrafo. Para diversos autores, o principal atributo que caracteriza o que observamos é o fato de tratar-se de uma obra colaborativa que inclui, ao menos, dois agentes, algumas vezes encapsulados no mesmo indivíduo, o escritor, prosador ou poeta, e o fotógrafo. Dessa forma, para esses pesquisadores, investigar relações entre poesia, prosa e fotografia envolve, necessariamente, um estudo das práticas colaborativas entre escritores e fotógrafos. Trabalhos importantes têm explorado esse aspecto. É o caso de Patrizia Di Bello, Colette Wilson e Shamoon Zamir, no livro *The Photobook: from Talbot to Ruscha and Beyond* (2012): "os fotolivros que combinam imagens e textos também tendem a ser produtos de autoria colaborativa. Vários livros considerados neste volume são o resultado de uma parceria, ou seja, uma relação de exata igualdade entre um fotógrafo e um escritor". Outra abordagem recente é a tese de doutorado de Michael Nott, publicada como *Photopoetry 1845-2015: a Critical History* (2018), que já pode ser considerada uma das principais referências sobre o tema.

AS DIVISÕES DESTE LIVRO – E SUA ESTRUTURA

Reconhecer a natureza intermidiática do fotolivro de literatura deve auxiliar-nos na explicação das relações palavra-imagem, além de revelar muitos componentes do fenômeno. Claus Clüver, Irina Rajewsky, Walter Moser, Lars Elleström, Jürgen Müller, Werner Wolf são alguns dos teóricos mais importantes nesta etapa da investigação. Os Estudos de Intermidialidade fornecem classificações e modelos capazes de descrever e explicar "o que é" o fotolivro de literatura e "como" são as relações que examinamos (palavra e imagem fotográfica). As perguntas incluem - o que é o fotolivro de literatura? Como se relacionam seus componentes verbal e fotográfico? Elas fornecem dois caminhos possíveis: (1) exame do experimento de uma perspectiva macroscópica; por exemplo, o fotolivro de literatura como campo de pesquisa consolidado, estabelecido, como um conjunto de normas ou hábitos. Nesse caso, os Estudos da Intermidialidade informam "o que é" o fenômeno observado. (2) Exame do experimento sob outro ponto de vista, por exemplo, suas mídias e os tipos de relações observadas. Assim, as classificações intermidiáticas podem atuar como ferramentas para responder não só "o que é" o fotolivro de literatura, mas também "como" se relacionam seus componentes. No segundo capítulo, "Intermidialidade", apresentamos e desenvolvemos detalhadamente estas ideias.

O terceiro capítulo, "Fotolivro", explora as definições (indefinições e confusões) relacionadas ao fenômeno. Nos capítulos 4 e 5, introduzimos e analisamos dois fotolivros de literatura: *Os Sertões,* 1902, de Euclides da Cunha e fotografias de Flávio de Barros; *A pintura em pânico*, 1943, texto e fotomontagens de Jorge de Lima. Sobre a escolha dessas obras, ela não resultou de uma decisão claramente orientada por uma teoria, um esquema conceitual bem definido ou uma razão inequívoca. Estivemos, em diferentes ocasiões, tentados a selecionar outras obras de nossa literatura e estrangeiras.

A série *Palabra e imagen*, publicada entre 1961 e 1985 pela editora Lumen, por exemplo, sempre esteve entre nossos interesses. Trata-se da principal contribuição em espanhol para a história dos fotolivros de literatura, e merece aqui alguns comentários, por sua importância e relevância históricas. O projeto pode ser descrito como um "laboratório experimental" que, durante anos, estimulou diferentes formas de publicação coletiva, um processo colaborativo entre fotógrafos, editores, designers e escritores. Para Fernández,[67] os livros da série *Palabra e imagen* "não são 'livros de arte', não são 'livros de fotografia', não são 'obras literárias', mas 'um novo conceito'. Todos eles têm um tema e, sobre ele, o escritor, o fotógrafo e aqueles que projetam e fazem o livro trabalham em equipe". Num total de dezenove obras, que inclui um "fotolivro fantasma, inexistente e falso"[68] de Antonio Las Vegas e Joan Fontcuberta, intitulado *Días de frontera, días de circo*, a coleção reuniu escritores e fotógrafos renomados, como Pablo Neruda, Mario Vargas Llosa, Federico García Lorca, Paolo Gasparini, Octavio Paz e Julio Cortázar. A ideia fundamental, segundo a editora Esther Tusquets e o designer gráfico Oscar Tusquets, é "que palavra e fotografia estão ligadas sem qualquer relação de dependência estrita, os poemas e textos verbais não estão submetidos às fotografias, nem as fotografias ilustram os textos".[69] Como afirma Caballero[70], trata-se de um diálogo sem hierarquia entre um escritor e um fotógrafo.

> Muitas mãos estão envolvidas nesse tipo de livro (...) nos melhores projetos existe um fotógrafo cercado por uma grande equipe: além de fotos, roteiro, edição, design, (...) trabalho em equipe mais do que a maioria, multiplica a união com outras disciplinas (...) é o caminho a percorrer.[71]

Para Fernández, trata-se de "uma ideia com diferentes mídias: não só a palavra, mas também a fotografia, a composição, a fonte ou a cor do papel podem servir para expressá-la".[72] Abaixo (figuras 1.1 e 1.2), vemos dois fotolivros da série.

Figura 1.1 e 1.2: À esquerda, texto de Alejo Carpentier. Fotos de Paolo Gasparini. Design de Mariona Aguirre y Toni Miserachs. ***La ciudad de las columnas.*** Barcelona: Lumen, Palabra e imagen, 1970. À direita, texto de Mario Vargas Llosa. Fotos de Xavier Miserachs. Design de Oscar Tusquets. ***Los cachorros.*** Barcelona: Lumen, Palabra e imagen, 1967.

Voltemos às nossas escolhas. *Os Sertões* (1902), de Euclides da Cunha, é, provavelmente, a escolha que representa a seleção mais surpreendente. *Os Sertões* é uma das obras mais abordadas na história da literatura brasileira, mas jamais, até onde sabemos, como um fotolivro de literatura. Muitas classes, categorias e gêneros já foram usados para definir o papel que *Os Sertões* ocupam em nossa literatura. Considerada por críticos e historiadores de difícil classificação, a obra resulta da associação de diferentes gêneros, e muitos atributos – prosa referencial e literária (e poesia versificada no interior da prosa),[73] tratado científico, investigação socioantropológica, abordagem jornalística – "podemos dar-lhe tanto um tratamento científico como também literário".[74] Adensa-se à dificuldade classificatória, que resulta da proliferação de gêneros e estilos, a introdução, por Euclides, de outros sistemas visuais (mapas, desenho botânico e fotografias).

Os Sertões aparece como o primeiro exemplo de fotolivro de literatura de que temos conhecimento, em língua portuguesa.[75] As fotografias são de Flávio de Barros, um dos fotógrafos contratados pelo exército brasileiro para fazer a cobertura da última expedição a Canudos. Publicada em dezembro de 1902 (edições posteriores, de 1903 e 1905, também foram supervisionadas por Euclides), a obra possui três fotografias, além de mapas e um desenho. Se é muito claro que tal abordagem (*Os Sertões* como fotolivro de literatura) deve ter muitas implicações, sugerimos aqui que tais implicações ainda não foram exploradas pela crítica.

A pintura em pânico (1943) é um fotolivro de literatura composto por poemas e fotomontagens de Jorge de Lima – "da série de fotomontagens produzidas por Jorge de Lima entre os anos 1930-40 surgiu *A pintura em pânico*, publicação independente impressa na Tipografia Luso-Brasileira em 1943, que a despeito da despretensão do seu criador tornou-se a primeira obra do gênero realizada no Brasil".[76] Jorge de Lima, médico, poeta, romancista, ensaísta, pintor, professor, foi, segundo Rodrigues, "o primeiro artista brasileiro a se dedicar à pesquisa das possibilidades únicas oferecidas pelo novo gênero de arte que então surgia na Europa – a fotomontagem".[77] São 41 fotomontagens acompanhadas de pequenos poemas, "legendas que, longe de terem uma função descritiva ou explicativa, são mais um elemento da charada apresentada pela imagem, estabelecendo uma relação orgânica entre a linguagem verbal e visual".[78] Para Rodrigues, "o conjunto das imagens e textos configura uma unidade complexa, um mosaico de referências fragmentadas e contraditórias, cujo objetivo declarado era 'provocar uma sensação poética'".[79] A obra jamais foi reeditada. Ela teve uma tiragem de apenas 250 exemplares e contou com um prefácio intitulado "Nota Liminar", de autoria de Murilo Mendes.

Por fim, o último capítulo, "Conclusão - inventando o fotolivro de literatura brasileira", reúne as principais implicações que resultam das análises e aplicação das teorias e modelos. Neste capítulo, tentamos fazer uma avaliação da relação entre a inserção histórica do termo teórico - fotolivro de literatura - e sua negligência, e também uma certa imperícia metodológica, incapaz de associar à interação entre muitos processos e sistemas de linguagem qualquer aparato que se assemelhe mais a uma teoria, com alguma abordagem sistemática, do que com uma lista de metáforas e termos vernaculares.

NOTAS

1 Aguilar e Cámara (2017: 115).

2 O termo "produssumo" aparece pela primeira vez na revista *O Cruzeiro* (1969), e é fruto da investigação do seu autor, Décio Pignatari, sobre arte, comunicação, cultura de massas, produção e consumo. No formato on-line, o artigo publicado no blog Baobá Voador, não possui numeração de páginas.

3 Silva (2018: 3).

4 Navas (2017: 85).

5 Fernandes & Queiroz (2019: 4; 2017: 211); Fernandes et al (2015: 14).

6 Badger (2015).

7 Shaw (2012: 2); Morley (2003).

8 Bisilliat (1982: 13).

9 Haroldo de Campos (2000: 92).

10 Schollhammer (2016: 11).

11 Castillo (2019).

12 Nott (2018: 15); (2016: 264).

13 Navas (2017: 85).

14 Navas (2017: 86).

15 Navas (2017: 86).

16 Badger (2015).

17 Gossage apud Badger (2015).

18 Fernández (2011: 85).

19 Fernández (2011: 85).

20 Fernández (2011: 85).

21 Bisilliat (1982: 13).

22 Castillo (2019, grifos nossos). Trecho retirado do artigo *Fotografia e literatura nos livros de Maureen Bisilliat*, revista Studium 40.

23 Navas (2017: 85-86).

24 Navas (2017: 86).

25 Badger (2015). Trecho retirado do artigo *Por que fotolivros são importantes* (2015), de Gerry Badger, publicado na revista Zum número 8.

26 Gossage apud Badger (2015).

27 Fernández (2011: 55).

28 Fernández (2011: 55).

29 Bisilliat (1982: 13).

30 Brizuela (2014: 17).

31 Brizuela (2014: 13).

32 Brizuela (2014: 13).

33 Brizuela (2014: 15).

34 Brizuela (2014: 15).

35 Brizuela (2014: 14).

36 Brizuela (2014: 15).

37 Brizuela (2014: 15).

38 Brizuela (2014: 15).

39 Brizuela (2014: 15).

40 Hacking (2012: 95-96).

41 *Oxford Languages.*

42 *Collins English Dictionary.*

43 A semiótica foi definida por C. S. Peirce (CP 5.484) como "a doutrina da natureza essencial e fundamental de todas as variedades de possíveis semioses", isto é, a doutrina de qualquer forma concebível de semiose, de suas condições de possibilidade e de suas possíveis variações (ver Queiroz 2023).

44 (Peirce, NEM 3, 1905: 830).

45 (Peirce, EP 2, 1905: 364).

46 Por "espaço-tempo de leitura" queremos indicar a(s)

página(s) dos livros em que estão impressos fotografia e poesia verbal. No caso de *A pintura em pânico* (1943), uma fotomontagem é impressa sempre ao lado do texto verbal.

47 Fernandes (2021); Fernandes, Queiroz (2019, 2017); Fernandes (et al, 2015).

48 Correlação é um termo utilizado aqui para tratar da interdependência interpretativa entre fotografia e texto verbal. Trata-se de uma das três possibilidades relacionais entre as mídias examinadas nos fotolivros de literatura.

49 Marçal (2015: 205-206).

50 Badger e Parr (2004: 6).

51 Shannon (2010: 5).

52 Shannon (2010: 5).

53 Maffei (2014: 12).

54 Maffei (2014: 13).

55 Maffei (2014: 13).

56 Entrevista concedida por Neumüller Moritz à revista *Gráffica* sobre a exposição *Fenómeno Fotolibro* (2017) realizada no CCCB, Barcelona.

57 Fernandes (2016); Fernandes (et al, 2015); Lampert (2015); Entler (2015).

58 Fernández (2011: 16).

59 Badger e Parr (2004).

60 Boom e Prins (1989: 12).

61 Navas (2017: 85-86).

62 Por "natureza semiótica", e "ontológica", dos fotolivros, nos referimos, de modo simplificado, a certos critérios relacionados a atributos que permitam distingui-lo do álbum fotográfico, ou do catálogo de fotografias, como um fenômeno distinto, ou uma classe de fenômenos observáveis.

63 Maffei (2014: 12)

64 Gronemeyer (2015), ver também Segovia (2019)

65 Fernández (2011: 11); Shannon (2010: 60)

66 Parr, Badger (2014; 2006; 2004)

67 Fernández (2014: 47)

68 Melero (2018)

69 Melero (2018).

70 Caballero (2011).

71 Fernández, Uriarte, De Middel, Gimeno, RM Verlag, (s.n.).

72 Fernández (2014: 47).

73 Guilherme de Almeida (1946), Augusto de Campos (2010 [1997]), e mais recentemente um programa computacional de escansão de versos na prosa de língua portuguesa, *Mining Verse Structure* (MIVES) (Carvalho, Loula e Queiroz, 2020), indicam o fato surpreendente de haver, sob a prosa de Euclides, versos heterométricos de diversos tipos (decassilábicos, heroicos e sáficos, dodecassílabos etc.).

74 Ventura (2003).

75 Gostaríamos de dizer que quem primeiro chamou nossa atenção para essa possibilidade analítica e interpretativa foi Joaquim Marçal, em conversa que travamos em 2018, folheando muitos fotolivros históricos na Biblioteca Nacional, no Rio de Janeiro.

76 Rodrigues (2010: 9-10).

77 Rodrigues (2010: 8).

78 Rodrigues (2010: 11).

79 Rodrigues (2010: 11).

2

INTERMIDIALIDADE

Os fotolivros de literatura, vimos na Introdução, são exemplos de intermidialidade. Mas o que isso significa? Vamos, com a ajuda de diversos autores que formam a "principal comunidade acadêmica" de pesquisadores da área, apresentar uma breve revisão dos principais usos do termo "intermidialidade", desde "intermídia", de Coleridge,[1] até debates mais recentes.

INTERMIDIALIDADE – BREVE REVISÃO

Mas devemos começar perguntando: por que abordar o fotolivro de literatura através dos Estudos da Intermidialidade? A resposta está relacionada à natureza intermidiática e à observação e análise de diversos mecanismos e processos, em muitos níveis de descrição, da relação palavra- imagem, à revelação de muitos componentes a partir dessa abordagem.

Para começar, Intermidialidade designa, ao mesmo tempo, um fenômeno e uma área de pesquisa. Este caráter duplo tem confundido muitas abordagens. Para Claus Clüver, intermidialidade é "um termo relativamente recente para um fenômeno que pode ser encontrado em todas as culturas e épocas, tanto na vida cotidiana como em todas as atividades culturais que chamamos de 'arte'".[2] Segundo Werner Wolf, ele é "capaz de designar qualquer fenômeno envolvendo mais de uma mídia".[3] O termo define fenômenos em que estão acopladas, ou combinadas, duas ou mais mídias/artes – "a intermidialidade pode servir, principalmente, como um termo genérico para todos os fenômenos que (como indicado pelo prefixo -inter) de alguma forma ocorrem entre mídias".[4] Em geral, designa "todos os tipos de inter-relação e interação entre mídias".[5] Para Irina Rajewsky, "desde o início, 'intermidialidade' serviu como um termo guarda--chuva",[6] sendo "mais amplamente aplicável do que conceitos usados anteriormente, [porque] abre possibilidades para relacionar as mais variadas disciplinas e para o desenvolvimento de teorias [mais] gerais",[7] além de "[permitir] fazer distinções fundamentais, nomeadamente entre fenômenos -intra, -inter e transmídias".[8] Para Jürgen Müller, são relações que ocorrem entre sistemas fluidos, como "fusão e interação de processos e procedimentos midiáticos distintos".[9] Para Ellestrõm, "toda relação intermidiática parece ser mais ou menos uma anomalia onde se presume que as diferenças essenciais que caracterizam determinada mídia são transformadas, combinadas ou misturadas de maneira particular".[10] É muito claro, para todos os autores da área, que trata-se de um fenômeno ubíquo, e que apresenta grande variação morfológica – "em termos gerais, intermidialidade é, em primeiro lugar, um termo flexível e genérico"[11] –, mas caracteriza-se, conjuntamente, "por uma variedade de abordagens heterogêneas, abarcando uma extensa rede de temas e perspectivas analíticas".[12] Como área de estudo (Estudos de Intermidialidade), ela analisa relações entre mídias, e as próprias mídias – "os estudos de inter e transmidialidade, mediação, remediação e adaptação, apenas para citar alguns exemplos, têm em comum o interesse em estudar diferentes mídias e sua relação com novas formas de criação de sentido nas sociedades contemporâneas".[13]

Em uma rápida revisão terminológica, "intermídia" aparece em um texto de Dick Higgins, de 1966[14], para definir "obras que se enquadram conceitualmente entre mídias já conhecidas".[15] Higgins sugere um possível marco para seu surgimento, na obra de Samuel Taylor Coleridge[16], poeta e crítico, um dos fundadores do romantismo na Inglaterra.

> O veículo que escolhi, a palavra "intermídia", aparece nos escritos de Samuel Taylor Coleridge em 1812, exatamente em seu sentido contemporâneo - para definir obras que estão conceitualmente entre mídias que já são conhecidas, e eu vinha usando o termo por vários anos em palestras e discussões antes de meu pequeno ensaio ser escrito.[17]

Embora Coleridge utilize o termo em um contexto muito diferente daquele em que o encontramos hoje,[18] esse pioneirismo marca a longa história do conceito e seu uso corrente - "além de seu interesse histórico, entretanto, esse uso pioneiro de Coleridge ajuda a compreender a longa 'pré-história' do conceito de intermidialidade, um tópico que, como sugere Müller, merece atenção específica".[19] O diagrama a seguir (figura 2.1), elaborado por Dick Higgins, "Intermidia Chart", descreve as diversas tradições artísticas e acadêmicas, interconectadas e sobrepostas.

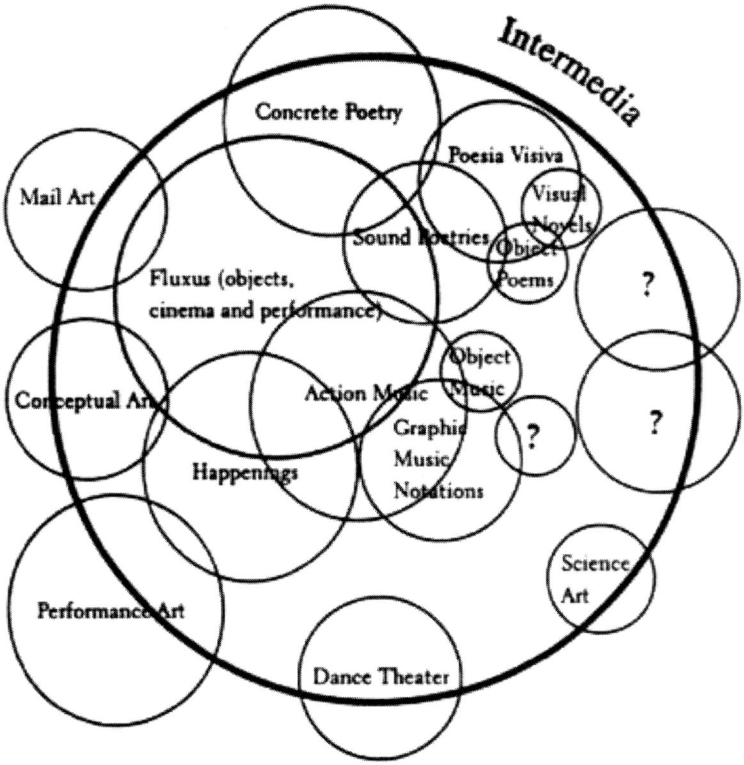

Figura 2.1: Intermidia Chart. Um aspecto importante do gráfico de Dick Higgins são os círculos desconhecidos marcados com pontos de interrogação.

A partir de 1981, Higgins passa a utilizar o conceito em um sentido mais restrito, referindo-se a obras "nas quais os materiais de várias formas de arte mais estabelecidas são 'conceitualmente fundidos' em vez de meramente justapostos".[20]

Os Estudos da Intermidialidade, como área de pesquisa, se estabelecem na década de 1980 a partir de duas tendências que surgem quase simultaneamente nos Estados Unidos e na Alemanha. Nos

Estados Unidos, ela é conhecida como Estudos Interartes e abrange a Literatura Comparada e as Artes Comparadas, com foco, como o nome sugere, nas relações entre literatura e outras artes. Claus Clüver, um dos fundadores desta vertente, afirma:

> [na] tentativa de esclarecer o que se pensa atualmente quando se fala de Estudos Interartes, podemos tomar como ponto de partida o Comparativismo que, desde a publicação, em 1968, de *Einführung in die Vergleichende Literaturwissenschaft* [Introdução à Literatura Comparada], de Ulrich Weisstein[21], propôs discutir a "iluminação mútua das artes" como um dos âmbitos de interesse da área.[22]

Paralelamente aos Estudos Interartes, nos Estados Unidos, a área, na Alemanha (*Intermedialität*), surge como um campo de estudo autônomo, interessado na relação entre as mídias.[23] Atualmente, essas tendências fundem-se no que reconhecemos como Estudos da Intermidialidade.

Segundo Clüver, "a necessidade de reconceber os 'Estudos Interartes' como 'Estudos da Intermidialidade', ou 'Estudos Intermidiáticos', surgiu tanto da percepção de que havia acontecido uma gradativa mudança na orientação teórica e nas práticas do discurso interdisciplinar quanto da aproximação entre áreas dos Estudos Interartes e dos Estudos das Mídias".[24] Mesmo fundidas as áreas, deve-se enfatizar a importância dos estudos para "os objetivos específicos perseguidos pelas diferentes disciplinas (por exemplo, estudos de mídia, estudos literários, sociologia, estudos de cinema, história da arte)".[25] Para os principais teóricos, "o objeto específico dessas abordagens é definido de forma diferente cada vez que a intermidialidade é associada a diferentes atributos e delimitações".[26] Essa "associação a diferentes atributos e delimitações" surge, como sugere Clüver, da necessidade de uma atualização teórica, provavelmente pressionada pelo surgimento de novos fenômenos, e pelas graduais mudanças ocorridas nas disciplinas, em uma constante ampliação do *corpus* de pesquisa.

As divergências terminológicas são atribuídas à apropriação do mesmo termo por diferentes áreas de estudo – "esse tipo de divergência terminológica é característica de momentos de deslocamento da pesquisa acadêmica, quando diferentes campos se apropriam do mesmo termo".[27] Isso parece um problema para muitos e uma oportunidade para outros. Os pesquisadores encaram essas divergências como uma possibilidade promissora de aprofundamento das investigações – "é provável que tais controvérsias levem os estudiosos à busca de definições capazes de atender às necessidades das diversas áreas. Esse esforço teórico muitas vezes resulta no aprofundamento das investigações em cada um dos campos envolvidos no debate".[28] Para Wolf,[29] a opção por um ou outro termo nunca deve ser encarada como uma atitude ingênua.

> A princípio, a proposta de uso de "intermidiático" no lugar de "interarte" pode ser considerada como mera troca de um rótulo por outro mais em moda, uma troca de menor importância, uma vez que a coisa rotulada, no final das contas, não se altera, e uma vez que o termo "mídia" não é claro. Contudo, nomear nunca é uma atividade inocente, especialmente quando serve para localizar uma subdisciplina em campos discursivos específicos.[30]

Aqui, uma observação: lidamos com um conceito que se fragmentou em diversas direções. Ele transcendeu seus próprios limites, já muito difusos, e que habitualmente se encontravam em certas áreas de pesquisa, como os Estudos Literários e a Literatura Comparada, e agora abrange uma grande variedade de disciplinas. Muitos teóricos, na tentativa de classificar os fenômenos, criaram categorias com diversas subdivisões. Trata-se de um novo grupo de artefatos teóricos que permitem detalhar a natureza dos fenômenos intermidiáticos, estabelecendo comparações com correlatos, como veremos nas próximas seções.

INTERMIDIALIDADE – CLASSES E CLASSIFICAÇÕES

Para Müller,[31] os Estudos da Intermidialidade cobrem três formas possíveis de relação entre mídias: relações em geral (relações intermidiáticas), transposições entre mídias (transposições intermidiáticas ou intersemióticas) e união, ou fusão, de mídias. Baseada na classificação de Müller, Rajewsky[32] propõe outras três categorias (tabela 2.1): (i) combinação de mídias; (ii) referências intermidiáticas e (iii) transposição midiática.

CATEGORIAS	CARACTERÍSTICAS
COMBINAÇÃO DE MÍDIAS	Inclui fenômenos como ópera, filme, teatro, performances, manuscritos com iluminuras, instalações de arte sonora, quadrinhos e assim por diante, ou, para usar outra terminologia, os chamados multimídia, mixmídia e intermídia.
REFERÊNCIAS INTERMIDIÁTICAS	Referências, em um texto literário, a um filme por meio, por exemplo, da evocação ou imitação de certas técnicas fílmicas, como tomadas de zoom, fades e edição de montagem. Outros exemplos incluem a musicalização da literatura, transposição da arte, ekphrasis, referências do filme à pintura, ou da pintura à fotografia.
TRANSPOSIÇÃO MIDIÁTICA	Adaptações para filmes, novelizações: a qualidade intermidiática tem a ver com a maneira como um produto de mídia surge, ou seja, com a transformação de um determinado produto de mídia (texto, filme etc.) ou de seu substrato em outro meio.

Tabela 2.1: Tabela com definições das categorias intermidiáticas (Combinação de Mídias, Referências Intermidiáticas, Transposição Midiática) propostas por Irina Rajewsky (2010, 2005).

Sobre as formas de "combinação de mídias", para Rajewsky, "a amplitude desta categoria vai de uma mera contiguidade de duas ou mais manifestações materiais de diferentes meios de comunicação para uma integração 'genuína', uma integração que em sua forma mais pura não privilegiaria qualquer um de seus elementos constitutivos".[33] Para a autora, a concepção de uma "ópera ou filme como gêneros separados torna explícito que a combinação de diferentes formas midiáticas de articulação pode levar à formação de gêneros de arte ou mídia novos e independentes, uma formação em que a base plurimidiática do gênero torna-se sua especificidade".[34]

Clüver,[35] ao analisar essa categoria ("combinação de mídias"), propõe três subdivisões: (i) texto multimídia; (ii) texto mixmídia (iii) e texto intermídia ou intersemiótico (tabela 2.2).[36] Ele identifica as possibilidades de interação, e propõe subclasses que levam em conta o que pode ser chamado de "gradiente de dependência"[37] entre as mídias.

SUBCLASSES DE COMBINAÇÃO DE MÍDIAS	**CARACTERÍSTICAS**
MULTIMÍDIAS	Textos separáveis e individualmente coerentes em diferentes mídias.
MIXMÍDIAS	Signos complexos contidos em mídias diferentes que não alcançariam coerência ou autossuficiência fora daquele contexto.
INTERMÍDIAS OU INTERSEMIÓTICOS	Textos constituídos por dois ou mais sistemas de signos de tal forma que os aspectos visuais, musicais, verbais, cinéticos ou performativos de seus signos se tornam inseparáveis e indissociáveis.

Tabela 2.2: Tabela das definições das subclasses (multimídia, mixmídia e intermídia) propostas por Claus Clüver (2007) a partir da classe (combinação de mídias) de Irina Rajewsky (2010, 2005).

É notável, ao analisar as características de cada subclasse de Clüver, que não há uma distinção bem delineada entre suas descrições e entre os membros mais exemplares desta ou daquela subclasse. Isso parece um problema. Parece haver uma hesitação entre os casos mais exemplares de suas aplicações (subclasses). Podemos, entretanto, afirmar que tal hesitação não deve ser atribuída a uma fragilidade da classificação, mas à complexidade do próprio fenômeno examinado, intermidiático. Para reduzir aquilo que parece ser uma imprecisão (e na tentativa de diminuir essa imprecisão, que pode indicar uma falta de rigor terminológico através do qual os estudiosos examinam e classificam os fenômenos observados), é uma boa ideia conceber as subclasses mais como tendências do que como contêineres, que oscilam no gradiente entre subcategorias, e que tendem a se comportar mais de acordo com uma e/ou com outra. O diagrama abaixo (figura 2.2) apresenta a classificação mais abrangente, "combinação de mídias", de Rajewsky, dividida nas três subclasses de Clüver, "multimídia, mixmídia e intermídia" – a combinação de mídias se subdivide e os fenômenos tendem a se comportar como multimídia, mixmídia ou intermídia.[38]

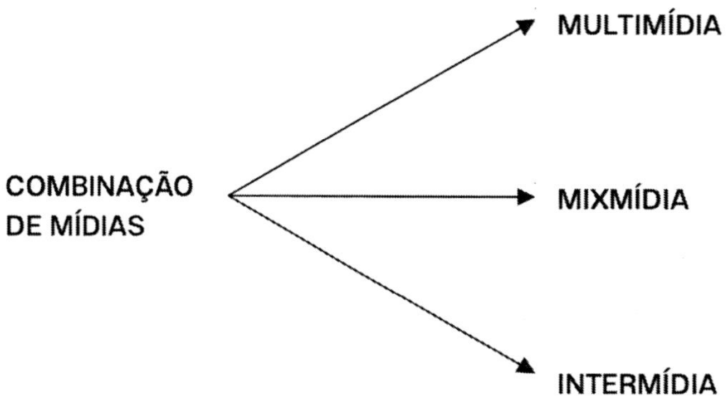

Figura 2.2: Diagrama da classificação de Rajewsky (combinação de Mídias), e as subdivisões (multimídia, mixmídia e intermídia) de Clüver.

Atento às pesquisas recentes, às classificações criadas para agrupar fenômenos que produzem efeitos análogos, e à interação específica entre sistemas verbal e visual, Morley propõe "quatro tipos de interação entre signos verbais e visuais".[39] Mas o autor utiliza as mesmas nomenclaturas de Irina Rajewsky e Claus Clüver, gerando ainda mais confusão. O primeiro "tipo de interação"[40] corresponde à classe "transposição midiática", de Rajewsky, e os três tipos seguintes correspondem às três subclasses propostas por Clüver, multimídia, mixmídia e intermídia (figura 2.3, abaixo).[41]

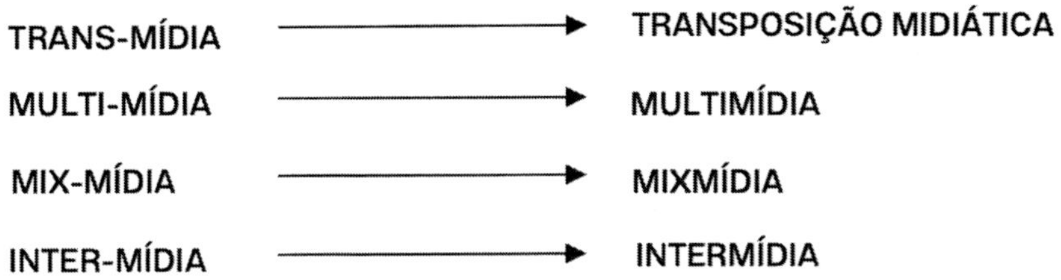

Figura 2.3: Tipos de interação entre signos verbais e visuais, classificação proposta por Moser, e as correspondências com as classes e subclasses de Rajewsky e Clüver

Para Morley, "livros ilustrados, crítica de arte, discursos e comentários teóricos ou etiquetas de parede em galerias" são exemplos de relação trans-mídia.[42] Entre os exemplos de relação multi-mídia, aparecem placas comerciais e propagandas, além de "histórias em quadrinhos, obras de arte que incorporam o título, a legenda ou algum tipo de texto elucidativo, porém mantendo palavra e imagem segregadas, espacial e cognitivamente".[43] Como exemplo de relação mix-mídia, Morley cita emblemas, no período pré-moderno, cartazes e propagandas, em períodos mais recentes.[44] As propagandas são citadas também como exemplos de relação inter-mídia.

O autor utiliza, mais de uma vez, os mesmos exemplos para tratar diferentes tipos de interação. Isso é consequência do que chamamos acima (ao apresentar as classificações de Clüver), de "gradiente de dependência" entre as mídias relacionadas, e de uma tendência das mídias para se comportarem de um ou de outro modo, em diferentes escalas de observação. Morley aborda, diretamente, a hierarquia entre palavra-imagem nos tipos de interação trans-mídia e multi-mídia. Em casos trans-mídia, ele afirma que palavra e imagem têm funções suplementares e se mantém claramente distintas, "tanto no tempo quanto no espaço".[45] Para o autor, essa distinção tempo-espaço implica "uma hierarquia na qual o texto se mantém subordinado à imagem (ou vice-versa)".[46] Já em casos multi-mídia, palavra e imagem "compartilham" o mesmo espaço, e a imagem incorpora componentes textuais como título, legenda ou algum tipo de texto elucidativo – "tradicionalmente, essa relação tem sido hierárquica, ou a imagem servindo para ilustrar algum texto ou, ao contrário, o texto sendo usado para limitar o significado específico de uma imagem".[47] Na tabela ao lado (tabela 2.3), destacamos as características de cada "tipo de interação".

TIPOS DE INTERAÇÃO	CARACTERÍSTICAS
TRANS-MÍDIA	Palavra e imagem são conectadas por meio de transposição ou substituição, e uma é essencialmente o suplemento da outra. Essas interfaces verbo-visuais incluem qualquer tipo de escrita ou imagem em que o linguístico e o visual se mantêm claramente distintos, tanto no tempo quanto no espaço, e também em relação à divisão de funções.
MULTI-MÍDIA	Palavra e imagem coexistem de uma maneira mais próxima, compartilhando o mesmo espaço, apesar de permanecerem nitidamente distintas em termos de relações espaciais, tipos de inteligibilidade e, frequentemente, na divisão de funções. Palavra e imagem se mantêm segregadas, espacial e cognitivamente.
MIX-MÍDIA	Palavra e imagem possuem menos coerência intrínseca e são apenas minimamente separadas uma da outra, sendo entrelaçadas, ou misturadas no domínio costumeiro de cada uma.
INTER-MÍDIA	Tanto a coerência quanto a distinção entre palavra e imagem são quebradas, e uma forma híbrida é produzida.

Tabela 2.3: Tabela das definições dos tipos de interação (trans-mídia, multi-mídia, mix-mídia, inter-mídia) propostas por Morley (2020).

A construção dessas estruturas de classes, bem como as diversas mudanças terminológicas propostas pelos autores mencionados, podem funcionar como modelos para definir e descrever novos fenômenos ou objetos de estudo que, até então, estiveram à margem das referências e investigações em muitos projetos de pesquisa (por exemplo, fotolivros de literatura).

Como Morley (2020) sugere, quando examinamos relações palavra-imagem, observamos zonas de interação e gradientes de dependência entre mídias. Na tentativa de diminuir as imprecisões das classes e classificações, é uma boa ideia pensar mais em termos de processos (continuidade) do que de entidades e substâncias (descontinuidade). Aceitamos, assim, mais facilmente a possibilidade do mesmo fenômeno ser classificado em mais de uma categoria (dependendo da perspectiva ou da escala de observação), sem que isso pareça um problema grave. É assim que, como veremos no capítulo 4, *Os Sertões* pode, a um só tempo, se comportar como um experimento mix-mídia e como trans-mídia, mudando significativamente o que sabemos sobre ele.

O que os Estudos da Intermidialidade nos permitem supostamente fazer é, ao classificar relações concebíveis entre mídias (referências intermidiáticas, transposição midiática, combinação de mídias) e especificar suas subclasses e inter-relações (mixmídia, multimídia, intermídia), obter um padrão de análise capaz de fornecer informações valiosas para comparar obras e seus correlatos, além de criar um horizonte teórico de expectativas relativamente estável para investigação.

INTERMIDIALIDADE – TERMINOLOGIAS E METODOLOGIA

Como afirmamos, os Estudos da Intermidialidade fornecem uma estrutura teórica capaz de definir e classificar o fotolivro de literatura, adequando-o a uma ou a outra classe, ou subclasse, de acordo com certos aspectos relacionais (mídias relacionadas) previstos (por exemplo, "dependência"), observados no fenômeno, e situando-o historicamente entre fenômenos correlatos.

Em termos de escalas de observação, vemos, ao menos, duas possibilidades (figura 2.4):[48] (1) *zoom out*, examinando o experimento de uma perspectiva mais macroscópica - por exemplo, o fotolivro de literatura como padrão geral de relações entre fotografia e texto verbal - e certas variações históricas observadas neste padrão, em diversas janelas temporais (anos, décadas, gerações); (2) *zoom in,* examinando mais localmente o fenômeno, separando e detalhando aspectos relacionais, e componentes, como, por exemplo, as mídias e os tipos de relações observadas ou concebíveis em cada caso ou coleção de casos. Assim, distribuída entre essas escalas, as classificações podem atuar como um modelo para responder não só "o que é" o fotolivro de literatura, mas também "como" estão relacionados seus componentes e atributos.

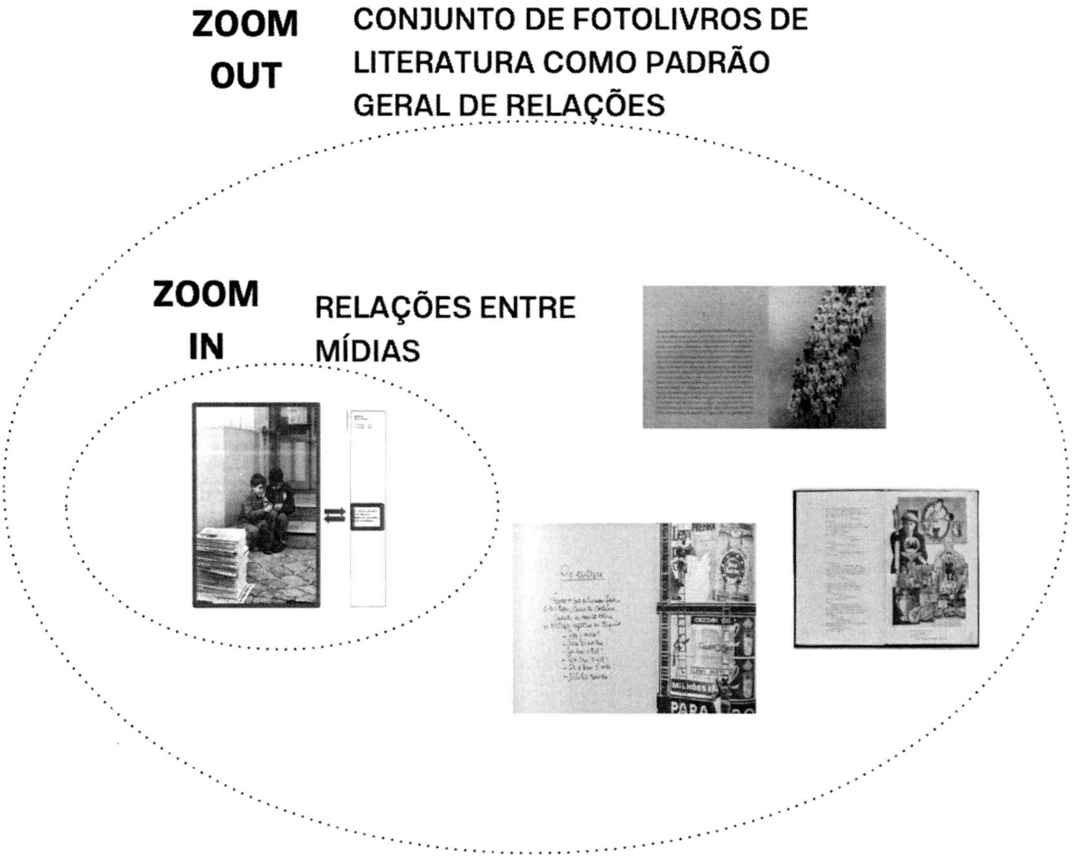

Figura 2.4: Este diagrama ilustra duas escalas de observação sugeridas – *zoom out*, ou uma abordagem mais macroscópica do fenômeno, *zoom in*, mais microscópica (palavra-imagem), e os mecanismos observados em diversos casos.

Quando descrevemos e analisamos, em uma abordagem *zoom out*, consideramos padrões gerais do fenômeno, características em um certo período temporal, ou um conjunto de autores. Examinamos "o que é" o fenômeno, como ele varia no tempo, como foi (e é) afetado por muitos dispositivos e artefatos (socioculturais, históricos, tecno-científicos, estéticos, semióticos). Em *zoom out*, o fotolivro de literatura é também um caso de combinação de mídias. Fotografia e texto verbal estão "presentes em sua própria materialidade e contribuem para a constituição e a significação de todo o produto de uma maneira específica".[49] O fotolivro de literatura é o "resultado ou o próprio processo de combinar, ao menos, duas mídias convencionalmente distintas ou formas midiáticas de articulação".[50] Se é um caso de combinação de mídias, as subclasses de Clüver também são adequadas às análises. Como mencionamos, são três as possibilidades previstas por Clüver, das quais duas parecem satisfazer-nos aqui. O fotolivro de literatura pode ser um caso intermídia, onde texto verbal e fotografia "tornam-se inseparáveis e indissociáveis".[51] Isto acontece quando examinamos o fenômeno como um padrão de relações estáveis, sobretudo relações entre foto e texto verbal. Quando observado em outra escala, o fotolivro de literatura pode também ser um caso multimidia, com "textos separáveis e individualmente coerentes em diferentes mídias";[52] por exemplo, quando ocorrem as publicações do texto verbal ou da fotografia separadamente.

Diversas edições d'*Os Sertões*, de Euclides, por exemplo, foram publicadas sem as fotografias de Flávio de Barros; muitas edições foram ilustradas com outros desenhos, outras fotografias, e algumas edições foram impressas sem qualquer imagem.[53] Outro caso são as fotomontagens de Jorge de Lima, que compõem o fotolivro de literatura *A pintura em pânico*, que também já foram publicadas sem os textos. Um exemplo é a fotomontagem que é capa do livro *A poesia em pânico* (1937), de Murilo Mendes (ver capítulo 5). Uma curiosidade sobre essa fotomontagem é o fato dela ser "o registro mais recuado no tempo (...) do interesse de Lima pela técnica".[54] Outras fotomontagens que compõem o fotolivro foram publicadas por Mário de Andrade anos antes, no artigo *Fantasias de um poeta* (1939). Por fim, é incerto e duvidoso se podemos classificá-lo como um caso mixmídia, no qual "signos complexos contidos em mídias diferentes não alcançariam coerência ou autossuficiência fora daquele contexto".[55]

Se o que examinamos, em todos estes casos, são gradientes de dependência hierárquica, baseados em quatro tipos de interação palavra-imagem, a classe que melhor define o fotolivro de literatura, de acordo com Morley, como padrão geral de relações, é multimídia, onde palavra e imagem "coexistem de uma maneira mais próxima, compartilhando o mesmo espaço, apesar de permanecerem nitidamente distintas".[56]

Em *zoom in*, o que examinamos são relações locais entre as mídias, fotografia e texto verbal (poesia ou prosa). Observamos "como" acontecem as interações entre as partes relacionadas. Quando observamos foto e texto verbal, afirmamos que uma mídia pode ser considerada, por exemplo, mais importante, mais valiosa, tradicional ou custosa, em termos sociológicos ou cognitivos, com maior status cultural em um determinado período; ou mais popular, com maior impacto mercadológico, com maior ou menor facilidade de impressão. Nesse caso, identificamos aspectos que influenciam ou determinam o que pode ser chamado de subordinação (de relação subordinativa) interpretativa, quando uma mídia é considerada mais ou menos dependente de outra mídia, a que está combinada. Em oposição, deve haver uma forma de coordenação,[57] quando tal dependência não é observada. Aqui, estamos atentos aos aspectos que, isoladamente, parecem de maior relevância. Mais microscopicamente, há três possibilidades relacionais entre as mídias: (i) coordenação interpretativa, quando foto e texto verbal são considerados "equivalentes", em relevância ou importância; (ii) subordinação interpretativa, quando uma mídia é interpretada como subordinada à outra, mais relevante ou importante, e (iii) correlação[58] interpretativa, quando os componentes relacionais são interpretados como interdependentes. As mídias, nesse caso, sequer podem ser analisadas separadamente, porque uma não subsiste sem a outra. Como já sugerimos, os aspectos que caracterizam a relevância de uma mídia são específicos, devem estar historicamente situados, e devem ser examinados caso a caso.

Pode-se estabelecer um "mapeamento" entre essas formas de relação (palavra-imagem) e as três subclasses de Clüver. Multimídia refere-se a "textos separáveis e individualmente coerentes em diferentes mídias",[59] e deve corresponder ao que chamamos de coordenação interpretativa, de acordo com a qual texto verbal e fotografia ocupam posições de mesma relevância no fotolivro. Mixmídia refere-se a "signos complexos contidos em mídias diferentes que não alcançariam coerência ou autossuficiência fora daquele contexto",[60] e corresponde ao que chamamos de subordinação interpretativa, onde há dependência de uma mídia com relação a outra. Intermídias, que são "constituídos por dois ou mais sistemas de signos de tal forma que os aspectos visuais, musicais, verbais, cinéticos ou performativos de seus signos se tornam inseparáveis e indissociáveis",[61] são casos em que as mídias estão correlacionadas, e seus componentes estão em densa relação de interdependência. Este mapeamento pode ser representado assim (figura 2.5):

Figura 2.5: Diagrama das subdivisões de Clüver e as correspondências com o que chamamos de "gradiente de dependência".

Para exemplificar, usaremos novamente *Os Sertões* (1902). Sabemos que, historicamente, as fotografias de Flávio de Barros são consideradas contingentes, tendo sido subtraídas sem supostos prejuízos para a leitura e interpretação (ver capítulo sobre *Os Sertões*). Em muitas abordagens, as fotos sequer são mencionadas e, quando são, não parecem parte estrutural da obra. Muitos editores, em diversas reedições, desconsideram o projeto intermidiático original, utilizam outras fotografias e outras imagens combinadas ao texto ou simplesmente imprimem somente o texto, sem fotos, mapas ou desenho. Se está correta essa tese, podemos afirmar que há uma subordinação interpretativa texto-sobre-foto e que *Os Sertões* correspondem à subclasse mixmídia. Contudo, outra tendência se revela se considerarmos o projeto supervisionado por Euclides nas primeiras edições, suas anotações e desenhos, sua *Caderneta de campo*,[62] sua dedicação ao estudo de mapas da região, e os textos do jornalista Alfredo Silva, no jornal *A Notícia*,[63] onde encontramos informações sobre a máquina portátil levada por Euclides para o sertão. Neste caso, *Os Sertões* foi concebido como um projeto com imagens (fotos, mapas, desenho) que não estavam apenas à disposição do texto como ilustração dependente. Texto, fotos, desenho e mapas relacionados n'*Os Sertões*, podem ser interpretados como um caso de coordenação ou, segundo Clüver, como multimidiático.

O que exibimos neste capítulo pode ser sumarizado como uma tentativa de estabelecer um cenário teórico – uma estrutura de classes e conceitos extraídos dos Estudos de Intermidialidade de muitos autores para descrever, classificar e definir, com algum rigor, e baseado em desenvolvimentos recentes, o fenômeno fotolivro de literatura, alguns de seus principais atributos e propriedades.

NOTAS

1 (cf. Higgins, 1966; Müller, 2010).

2 Clüver (2007: 9).

3 Wolf (1999: 40-41).

4 Rajewsky (2005: 46).

5 Clüver (2007: 9).

6 Rajewsky (2005: 44).

7 Rajewsky (2005: 44).

8 Rajewsky (2005: 46).

9 Müller (1998: 38).

10 Elleström (2010: 14).

11 Rajewsky (2012: 52).

12 Rajewsky (2012: 51).

13 Ghirardi, Rajewsky, Diniz (2020: 13).

14 O artigo de Dick Higgins, *Intermedia*, foi publicado pela primeira vez em 1966 no boletim da *Something Else Newsletter*. Em 1984 foi republicado no livro *Horizons: The Poetics and Theory of the Intermedia.*

15 Higgins (1984: 23)

16 Dick Higgins encontrou o termo no ensaio *Lecture III: On Spenser* (1812), de Samuel Coleridge. Coleridge cria a palavra "intermedium" para comparar o uso tradicional de Edmund Spenser (século XVI) da alegoria medieval com o senso superior de intemporalidade de William Shakespeare (século XVII) em sua obra (ver Moren, 2003).

17 Este trecho aparece no livro *Intermidialidade e estudos interartes: desafios da arte contemporânea* (Higgins 2012: 46).

18 Müller (2010).

19 Ghirardi, Rajewsky, Diniz (2020: 14).

20 Ghirardi, Rajewsky, Diniz (2020: 14); Rajewsky (2005: 51); Vos (1997: 325).

21 Título original em alemão: *Wechselseitige Erhellung der Künste* (1968: 184-197). Título em inglês: *The Mutual Illumination of the Arts* (1968: 150-166).

22 Clüver (2006: 12).

23 Há aqui um problema com a própria noção de "mídia". Para Müller (2012: 76), "uma das questões cruciais — se não a crucial — de qualquer estudo de encontros de mídias ou da intermidialidade é a questão de como conceber uma mídia. Conhecemos dezenas de propostas para definir uma mídia, tendo como base paradigmas científicos diferentes, variando de abordagens filosóficas, sociais, econômicas, biológicas, comunicacionais e tecnológicas a canais de discurso, simulações e padrões de ações ou de processos cognitivos, para mencionar apenas alguns". Para Clüver (2008: 222), "a mídia tem muitos significados e vários entre eles se aplicam ao conceito de intermidialidade [...] é uma tarefa difícil encontrar uma definição geral de mídia que valha para todas as mídias englobadas pelo conceito de intermidialidade". O termo refere-se às mídias impressas, cinema, televisão, rádio, vídeo e às várias mídias eletrônicas e digitais mais recentes além, é claro, da literatura e das artes. Não apenas os meios de comunicação, ou meios tecnológicos, são mídias. Diferentes tipos de artes, suas convenções, história e materiais de que são feitos, são consideradas mídias. Segundo Clüver (2008: 222), a dificuldade maior está justamente em "incluir tudo isso numa só definição".

24 Clüver (2008: 212).

25 Rajewsky (2005: 44).

26 Rajewsky (2005: 44).

27 Ghirardi, Rajewsky, Diniz (2020: 14).

28 Ghirardi, Rajewsky, Diniz (2020: 14).

29 Ver Wolf (2020).

30 Wolf (2020: 215).

31 Müller baseia-se na compilação organizada por Helbig (1998) e na obra *Intermidialidade: teoria e prática de uma área de estudos interdisciplinares* (1998). Título original em alemão: *Intermedialität: Theorie und Praxis eines interdisziplinären Forschungsgebiets*.

32 Rajewsky (2012: 48-49); (2010: 55); (2005: 51-52).

33 Rajewsky (2010: 55); (2005: 52).

34 Rajewsky (2010: 55); (2005: 52).

35 Clüver (2006: 19-20).

36 Segundo Clüver, são exemplos de textos multimídia "canções, revistas, emblemas" (Clüver, 2011: 15); exemplos de textos mixmídia incluem "cartazes de publicidade, histórias em quadrinhos e selos postais" (Clüver, 2011: 15); exemplos de texto intermídia incluem "graffiti, caligramas, certos logotipos e poesia concreta" (Clüver, 2011: 16).

37 Segundo uma definição de dicionário (*Oxford Languages*), "dependência" é (1) o estado ou qualidade de dependente; subordinação, sujeição; (2) relação necessária entre fenômenos; conexão, correlação; (3) acessório, anexo, complemento de um objeto principal. Estes sentidos (especialmente o primeiro, associado a subordinação) capturam, aproximadamente, o que Clüver descreve como formas de interação entre mídias. Embora o próprio Clüver jamais tenha se dedicado a uma elucidação detalhada desse termo, nossa opinião é que isso deve ser feito.

38 Afirmar que as subcategorias foram criadas para classificar fenômenos como "combinação de mídias" não significa dizer que eles não possam ser classificados como "referências intermidiáticas" ou como "transposição midiática". Como o próprio Clüver (2017) afirma, as três categorias não são mutuamente excludentes.

39 Morley (2020: 171).

40 Morley (2020: 171).

41 Na tradução de Maria do Carmo de Freitas Veneroso (2020) do artigo "Introduction: Words and Pictures", de Simon Morley

(2003), a autora utiliza hífens para separar os prefixos trans-, multi-, mix-, inter-. Citamos tais termos conforme a autora. Esta escolha também nos ajuda a diferenciar os termos de Morley dos termos de Rajewsky e Clüver.

42 Morley (2020: 172)

43 Morley (2020: 172).

44 Morley (2020: 173).

45 Morley (2020: 171-172).

46 Morley (2020: 172).

47 Morley (2020: 172).

48 Este aspecto distintivo, e escalar, que chamamos aqui de *zoom in* e *zoom out*, raramente é mencionado em trabalhos correlatos.

49 Rajewsky (2010: 55).

50 Rajewsky (2010: 55).

51 Clüver (2007: 25).

52 Clüver (2007: 25).

53 Este argumento, baseado no fato de que foram publicados separadamente (texto verbal e fotografia), não constitui um argumento rigoroso sobre a "separabilidade" dos sistemas.

54 Sacchettin (2018: 35).

55 Clüver (2007: 25).

56 Morley (2020: 172).

57 Utilizamos aqui a expressão "coordenação interpretativa" em oposição à expressão "subordinação interpretativa" para nos referirmos a obras em que foto e texto verbal são interpretados como tendo supostamente a mesma importância, lado a lado.

58 Segundo Rodrigues (2014: 129), "a correlação é um mecanismo de estruturação sintática ou procedimento sintático em que uma sentença estabelece uma relação de interdependência com a outra no nível estrutural. Portanto, na correlação, nenhuma das orações subsiste sem a outra, porque, na verdade, elas são interdependentes".

Para Melo (1970: 170), é um processo "em que se observa interdependência das funções".

59 Clüver (2007: 25).

60 Clüver (2007: 25).

61 Clüver (2007: 25).

62 Ver Andrade (2009).

63 Para mais detalhes sobre os textos do jornalista Alfredo Silva para o jornal *A Notícia* e sua estadia em Canudos, com Euclides, ver Ventura (2003).

3

FOTOLIVRO

Lo primero se nos viene a la cabeza es que debe recordar en mayor o menor medida a un libro común, pero no debemos confundirlo con un libro de arte ni sobre arte, tampoco encaja en la clasificación del libro ilustrado.

Nono Bandera (2013)

Fotolivros são complexas redes "de relações entre fotografias, textos e outros materiais visuais".[1] Esta é uma definição muitíssimo geral. Mas ela nos ajuda a começar. Os fotolivros, com frequência, são mencionados como estando entre os mais intrigantes fenômenos artísticos-fotográficos do último século.[2] Para Fernández, "o fotolivro nasceu no século XX para marcar a história da fotografia e a história dos livros".[3] Fotolivros possuem imagens fotográficas organizadas com "coerência interna",[4] "ritmo visual"[5] e uma "sensação de narrativa próxima à literatura e ao cinema".[6] Podemos defini-los como um fenômeno cujas partes e propriedades relacionais de que é feito são mais relevantes do que quaisquer outras propriedades observadas, físicas ou conceituais.

Como uma área de pesquisa, o fotolivro pode ser definido como um subcampo do Livro de Artista. Para Silveira trata-se de, ao mesmo tempo, um campo e um fenômeno – "como um campo de atuação artística (uma categoria) e, simultaneamente, como produto desse campo, um resultado específico das artes visuais".[7]

Toda pesquisa voltada aos fotolivros, e que dentre eles destaque seus exemplares e fotógrafos mais bem-sucedidos na autonomia estética, foi precedida por um balaio de ensaios sobre livros de artista, quase sempre comentando também os livros fotográficos (geralmente sem os chamar assim). Em termos conceituais, muito pouco foi escrito sobre fotolivros que não tenha sido escrito antes sobre livros de artista. E, o mais importante, foram as pesquisas sobre o livro de artista que apresentaram a dimensão fotográfica neles presente explícita ou implicitamente.[8]

Os fotolivros correspondem, por sua popularidade e consumo, a um percentual significativo dos livros de artista conhecidos, mas não equivale, obviamente, à totalidade deles. Para Cadôr, é mais adequado "pensar em uma zona de interseção entre o fotolivro e o livro de artista",[9] já que, se por um lado "existem livros de artista ('quase a metade') que não fazem uso de fotografia e não podem ser chamados de fotolivro, portanto não constituem uma categoria dentro do fotolivro", por outro lado, "além dos fotolivros de arte e de literatura que podem ser considerados livros de artista, existem os fotolivros de propaganda, (...) também conhecidos como *company photobook,* que não são livros de artista, apesar de sua qualidade gráfica".[10] No fotolivro, "a fotografia é sempre essencial e integral, e não apenas complementar, aos significados do trabalho".[11] O termo tem sido usado para "rotular" obras em que a imagem fotográfica e o livro[12] estão em diversas formas de relação, resultando num extenso, e variado, conjunto de publicações e modalidades de impressão – "publicações criadas em diversas circunstâncias, de uma série de pontos de vista, políticos, sociais e estéticos".[13]

Historicamente, e isso é bem conhecido, a fotografia, desde sua invenção, surge vinculada ao livro.[14] Di Bello e Zamir argumentam "que o livro é o primeiro e o mais apropriado lar para a imagem fotográfica".[15] Badger é enfático ao afirmar que livros com fotografias existem "quase desde o nascimento da própria fotografia, em 1839". Ele descreve, através de muitos exemplos, o início do desenvolvimento das técnicas de fixação e impressão fotográficas, com fotolivros concebidos como meios de publicação e divulgação de pesquisas científicas, e técnicas, em diferentes domínios. Badger cita, como marco cronológico, dois pioneiros vitorianos – a botânica Anna Atkins e o matemático e fotógrafo William Henry Fox Talbot, que, "já por volta de 1843, começavam a colar fotografias em álbuns e livros".[16]

Photograph of British Algae: Cyanotype Impressions (1843-1853), de Anna Atkins (figuras 3.1 e 3.2), é descrito por Badger e por muitos outros autores como o primeiro fotolivro documentado da história.[17] Atkins utiliza cianótipos[18] para "ilustrar" seu trabalho científico, e escreve, em sua própria caligrafia, as legendas e textos que acompanham as imagens. Essa cuidadosa e bem acabada organização resulta naquilo que os críticos consideram uma "completa integração entre texto e imagem".[19] Mazzilli apresenta assim o fotolivro de Atkins:

> O livro de Atkins reúne em três volumes um conjunto de cianótipos de algas (389, mais precisamente) que a autora produzia colocando os espécimes em contato direto com papéis sensíveis à luz e expondo-os ao sol. Atkins escrevia o nome de cada alga à mão, junto de sua imagem. Apenas 13 cópias do livro foram identificadas, algo compreensível considerando que todo o processo era manual e bastante trabalhoso.[20]

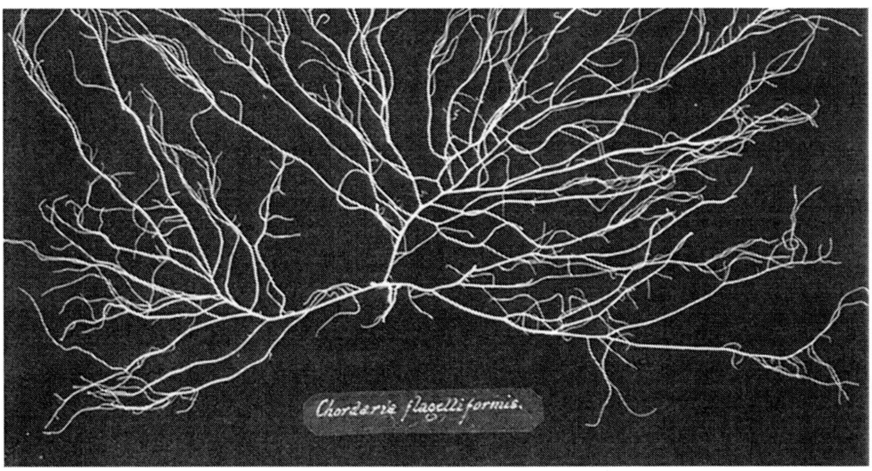

Figuras 3.1 e 3.2: Capa e página interna de ***Photograph of British Algae: Cyanotype Impressions*** (1843-1853), de Anna Atkins, considerado o primeiro fotolivro da história (Parr, Badger, 2004; Di Bello, Zamir, 2012).

Do mesmo período, Badger e outros pesquisadores sugerem que o fotolivro *The Pencil of Nature*, de William Henry Fox Talbot, é o primeiro livro comercial contendo fotografias.[21] De 1844 a 1846, Talbot publicou uma série de seis fascículos, que incluem, ao todo, vinte e quatro placas (calótipos) e um texto correspondente a cada imagem. Segundo Kittler, "o primeiro a produzir fotografias em papel foi Talbot, o concorrente inglês, até então subestimado por Daguerre. [...] Talbot, o pintor fracassado, procurou e encontrou um método técnico de fotografar diretamente em papel banhado a iodeto de prata e nitrato de prata. Partindo da câmera obscura, desenvolveu a câmera no sentido moderno da palavra".[22] O talbótipo, ou calótipo, foi o primeiro processo fotográfico que utiliza imagens em negativo-positivo, antecedendo a fotografia como se tornou conhecida. Inventado por Talbot, em 1836, o processo foi registrado em 1841, na Royal Society, em Londres.

> Publicado em fascículos, narra a descoberta da fotografia a partir de imagens fotográficas de Talbot, ele mesmo um personagem importante no desenvolvimento do processo fotográfico. As fotografias exemplificavam a variedade de elementos que poderiam ser captados (entre objetos, plantas, arquiteturas, paisagens) e eram coladas uma a uma nas páginas, acompanhadas de comentários explicativos escritos por Talbot.[23]

Nesses textos, Talbot introduz e descreve a história do novo processo fotográfico, que ele chama de "desenho fotogênico".[24]

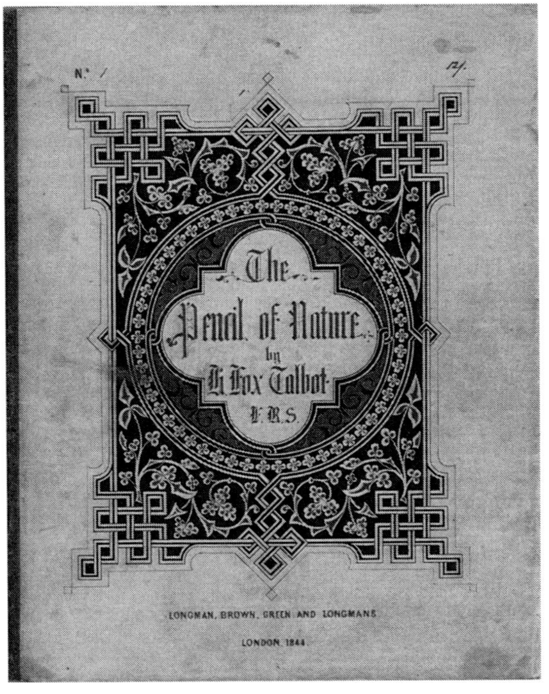

Figura 3.3 e 3.4: Capa e seção de observações introdutórias de ***The Pencil of Nature***, parte I de William Henry Fox Talbot, Londres, 1844.

Alguns trabalhos realizados nos anos imediatamente seguintes incluem *The Sunbeam: A Book of Photographs from Nature* (1859), de Philip Henry Delamotte, que reúne textos literários e imagens; *Idylls of the King and Other Poems* (1874), do poeta Alfred Tennyson, em coautoria com a fotógrafa Julia Margaret Cameron, descrito como um dos primeiros "foto-romances" da história;[25] *Street Life in London* (1877-1878), de John Thomson e Adolphe Smith, feito em "woodburytype", um trabalho de coautoria, dedicado à vida nas ruas londrinas da segunda metade do século XIX; *How the Other Half Lives: Studies Among the Tenements of New York* (1890), de Jacob Riis, com reproduções de imagens fotográficas acompanhadas de textos assinados pelo próprio fotógrafo para denunciar as condições de vida da população pobre de Nova York.

Embora os exemplos mencionados e as marcações historiográficas e temporais sejam importantes em nossa investigação sobre o uso da fotografia desde seu surgimento no livro impresso, a questão que mais nos interessa aqui é outra.

FOTOLIVRO – TIPOLOGIAS E CLASSIFICAÇÕES

Como definir "fotolivro",[26] "livro fotográfico"[27] ou mesmo "livro de artista",[28] já que o fotolivro pode ser considerado um subcampo desse "campo de atuação artística"?[29] Como distingui-lo do livro tradicional, ordinário, do livro de "produssumo"?[30] Ao longo de décadas, muitas tentativas foram feitas para definir o "livro de artista" e suas variações. Essa discussão não deve ser considerada periférica. Ao contrário, há muitas vantagens em fazê-la, especialmente se a tarefa não estiver dedicada a uma operação estéril de atribuição de propriedades fixas ou à identificação de estruturas estáticas de classificação.

Há uma distinção importante, recorrente em muitos autores: livros de artista, fotolivros ou livros fotográficos não são livros funcionais. Eles não se comportam como meros suportes para veiculação de textos (literários, científicos, enciclopédicos etc.). No livro tradicional, "o suporte é um contêiner isento, ausente em si mesmo, cuja forma e materialidade estão ali para agarrar, fixar e preservar memórias ou estender, alongar e projetar imaginários".[31] O que observamos em livros de artista é algo muito diferente, algo "cujo suporte é a temporalidade que se atualiza a cada instante em que o livro é lido, visto, tocado, manuseado".[32] O que é chamado por Derdyk de "suporte", no livro de artista "deixa de suportar depósitos gráficos para ser uma superfície extensiva, 'quase cinema', um campo de aterrissagem para sinais transitivos, com alta voltagem poética".[33]

Para Phillpot,[34] que elabora, ao longo dos anos 1980, diversas classificações, o "livro de artista" funciona como uma "consciência do fato de que alguns livros de artista são obras de arte, enquanto outros podem ser obras literárias, [e isso] deve ajudar a dissipar parte da confusão em torno do termo 'livro de artista'".[35] Phillpot participa ativamente da institucionalização do campo de pesquisa Livro de Artista, da catalogação desse tipo de obra, da criação e resgate de termos e conceitos sobre tipos e classes de livros e da introdução dessas publicações em galerias e museus - "minha obsessão com a categorização - ou mais generosamente, minha obsessão com a compreensão - não afeta meu prazer com esses livros".[36] No período em que esteve na direção da biblioteca do MoMA, em Nova York, ele reuniu a maior coleção mundial de livros de artista.[37] Para Silveira, é "impossível falar de livros de artista"[38] sem consultar Clive Phillpot. Suas publicações marcam um período de trabalho intenso e sistemático, e "é importante registrar que isso fez parte da intensa movimentação do início dos anos 80, especialmente 1981 e 1982, num momento de maioridade do livro de artista".[39] Ele é considerado, por Silveira, "o mais influente nome, definidor dos principais pontos para definição do problema — livro de artista —, ora propondo parâmetros, ora construindo paradigmas".[40] Phillpot publica, em 1982, pela revista *Artforum*, um importante artigo — "Books, book objects, bookworks, artists books" —, onde apresenta as definições que intitulam seu trabalho. Elas também foram publicadas no *Art Documentation*, boletim da Sociedade das Bibliotecas de Arte da América do Norte (Art Libraries Society of North America), no mesmo ano. Na tabela abaixo (tabela 3.1), vemos as seis categorias de Phillpot.

TIPO DE LIVRO	**DEFINIÇÃO**
LIVRO *[BOOK]*	Reunião de folhas em branco e/ou com impressão, normalmente mantidas juntas ao longo de uma borda e aparadas nas outras bordas para formar uma única série de folhas uniformes.
LIVRO DE ARTE *[ART BOOK]*	Livro em que a arte ou o artista é o tema.
LIVRO DE ARTISTA *[ARTIST'S BOOK]*	Livro em que o artista é o autor.
ARTE DO LIVRO *[BOOK ART]*	Arte que emprega a forma do livro.
LIVRO-OBRA *[BOOK WORK]*	Trabalho de arte dependente da estrutura do livro.
LIVRO-OBJETO *[BOOK OBJECT]*	Objeto de arte que faz alusão à forma do livro.

Tabela 3.1: Tabela criada a partir das definições de Phillpot e publicadas em 1982 na revista ***Artforum*** e no boletim ***Art Documentation***.

No mesmo período em que Phillpot realiza suas pesquisas, Julio Plaza publica dois artigos no Brasil - "O livro como forma de arte (I)" e "O livro como forma de arte (II)". Nessas publicações, ele distingue o "livro tradicional" (convencional, funcional, ordinário) do livro de artista, bem como o autor de textos do artista de livros. Para Plaza, o livro de artista "é criado como um objeto de design, já que o autor se preocupa tanto com o 'conteúdo' quanto com a forma e faz desta uma forma-significante".[41] Se o autor de livros é um autor de textos, numa atitude passiva sobre o seu suporte, "o artista de livros tem uma atitude ativa, já que ele é responsável pelo processo total de produção, porque não cria na dicotomia 'continente-conteúdo' ou 'significante-significado'".[42] Plaza identifica, como fator inerente à produção do livro como "trabalho artístico", a necessidade de uma "visão semiótica" – "a percepção dos diferentes tipos de linguagem que os diferentes meios veiculam, percepção esta que inclui todas as operações de interinfluências que uma linguagem pode exercer sobre as outras, o que se denomina processo de intersemiotização".[43] Para Plaza, "a criação do livro como forma de arte comporta um distanciamento crítico em relação ao livro tradicional; contestando-o, recria-se a tradição em tradução criativa, fazendo surgir novas configurações e formas de leitura".[44] O autor elabora diversas subdivisões, distinguindo, entre as categorias, três tipos de montagem: (1) montagem sintática, (2) montagem semântica, e (3) montagem pragmática ou bricolagem. Essas três formas de montagem são, segundo Plaza, "o processo fundamental de organização dos signos icônicos"; os livros de artista resultam da "montagem de signos". As principais classes são – livro ilustrado, poema-livro, livro-poema (ou livro-obra ou livro-objeto), livro conceitual, livro-documento, livro intermídia e antilivro.

Depois de tentativas tão elaboradas para criar nomenclaturas e situar o fenômeno entre diferentes campos de pesquisa, nas décadas de 1970-1980, o tema segue aberto à discussão ainda hoje. Segundo Britto, "o livro de artista seguiu o desejo das atitudes artísticas dos anos 1960-1970 de ampliar e buscar novos caminhos para a arte, questionando os espaços expositivos convencionais e propondo aos espectadores experiências estéticas sinestésicas que rompiam com uma contemplação restrita à visualidade vinculada aos espaços consagrados das galerias e museus".[45] Castleman afirma que, no livro de artista, "a obra do artista cujo imaginário, mais do que estar submetido ao texto, supera-o, por traduzi-lo dentro de uma linguagem que tem mais significados do que as palavras sozinhas podem transmitir".[46] Para Lampert, "o livro de artista é um objeto que causa estranheza tanto no campo da arte quanto no da bibliologia, pois não se enquadra nas normas tradicionais de nenhum deles".[47]

Que relações podem ser estabelecidas entre o livro de artista e o fotolivro, e entre estes e o fotolivro de literatura? Como afirmamos, o termo fotolivro tem sido usado para se referir a obras (impressas em livros) fotográficas, em geral, o que envolve uma ampla variedade de publicações – "publicações criadas em diversas circunstâncias (...) resultando na enganosa homogeneização de uma vasta gama de material fotográfico publicado".[48] Martin Parr e Gerry Badger afirmam que o fotolivro é o "mais efetivo veículo para apresentar um trabalho de fotografia e mostrar a visão do autor para uma audiência de massa".[49] Para Boom e Prins, o fotolivro deve ser interpretado como uma "obra em si", "uma forma autônoma de arte, comparável com a escultura, com uma peça de teatro, com um filme".[50] É também o que Silveira[51] sugere sobre o livro de artista.

Shannon[52] destaca, entre suas principais propriedades, o caráter portátil e durável e a possibilidade de redescoberta desses exemplares em outros períodos, salientando as vantagens (especialmente a portabilidade) do formato. Lampert[53] afirma que a diferenciação de nomenclaturas informa mais sobre a genealogia do termo, sua extração para uso e atividade, do que sobre o próprio fenômeno observado, e que as "fronteiras definidoras" são cada vez mais incertas, misturando-se, na medida em que as publicações ganham mais espaço – "quem vem da arte, chamará a obra de livro de artista, quem vem da fotografia, de fotolivro. Alguns se tornarão tão fronteiriços que talvez seja difícil estabelecer qualquer denominação".[54] Para Silveira, o livro de artista (e também o fotolivro) nada mais é que "a obra de arte pensada no formato livro/publicação".[55] Segundo diversos pesquisadores, é justamente no momento em que artistas se apropriam "do livro com foco artístico de maneira consciente"[56] que surgem publicações que vão consolidar esta prática como uma categoria das artes visuais.

Para Denise Wolff, editora sênior da *Aperture Books*, além dos fotolivros facilmente identificáveis, consagrados pela crítica, por teóricos, estudiosos e colecionadores, existem obras que podem ser chamadas de "fotolivros acidentais".[57] São obras que não foram concebidas e publicadas como projetos, estabelecendo uma nova categoria, e são classificadas como "livros com fotografia" cuja "intenção [é] não-artística".[58] Livros ilustrados de receitas, livros de viagens, livros sobre cidades e sobre movimentos artísticos são exemplos deste tipo.

> Livros de viagens, livros de empresas, livros de ciência e história fotograficamente ilustrados podem ser (ou se tornar) artefatos muito interessantes e, muitas vezes, foram feitos por artistas visuais experientes. Pense nos livros de propaganda durante a Guerra Civil Espanhola, por exemplo. Ambos os lados empregaram as tecnologias mais recentes e a melhor habilidade para comunicar sua causa. O mesmo vale para os livros feitos pelos regimes italiano e português na década de 1930 e os livros de protesto japoneses nos anos 60.[59]

Uma versão pouco ortodoxa, própria para resolver discussões intermináveis sobre essas definições, é a de Lawrence Weiner, artista conceitual norte-americano – "o que constitui um livro de artista realmente não importa. Para usar a sentença de Joe McCarthy – 'se anda como um pato e fala como um pato, é um pato'".[60]

FOTOLIVRO – DEFINIÇÕES, TERMINOLOGIA E IMPLICAÇÕES

Um conceito, certamente, não é uma coisa, mas não é tampouco somente a consciência de um conceito. Um conceito é um instrumento e uma história, isto é, um feixe de possibilidades e de obstáculos envolvido num mundo vivido.

Granger (1955)

Ao abordar as terminologias mais detalhadamente, bem como as supostas fronteiras que definem alguns dos fenômenos observados, devemos ficar atentos ao fato de que os termos e as definições atuam mais como tendências, e como ferramentas, do que como "departamentos" deste ou daquele exemplo, período ou classe de eventos. Trata-se de um equívoco - difícil de evitar - pensar em classes rigorosamente fechadas, baseadas em regiões de bordas rígidas, especialmente quando observamos fenômenos multimodais e intermidiáticos. Para complicar, sabemos que fenômenos artísticos complexos são historicamente situados. Isso também significa que não existe uma correspondência direta e precisa entre o que observamos, o fenômeno observado, e um conjunto de classes correspondentes, com propriedades distintivas estáticas. Como proceder diante disso? Já argumentamos que parece um truísmo afirmar a necessidade de vincular termos e explicações de fenômenos (estéticos, artísticos, literários) a teorias e modelos, especialmente considerando o fato de que não se trata de uma prática corrente, encontrada em muitas abordagens. Bouissac resume assim essa dificuldade:

> No desenvolvimento de uma nova ciência, se muitas palavras comuns são redefinidas ou se muitas palavras novas são criadas, a mensagem se torna ainda mais obscura. Novas teorias têm que construir um consenso ao longo do tempo, ao menos entre os especialistas, levando em consideração as definições técnicas que podem variar em relação ao uso comum.[61]

Sabemos que as nomenclaturas utilizadas são recentes, da segunda metade do século passado, e possuem aberturas amplas, muitas vezes vagas em suas aplicações e limites, e sujeitas a novas assimilações em diferentes contextos. Nossa abordagem considera novos conceitos, e definições que já se tornaram tradicionais, mas não negligencia as que ainda estão em processo de modificação. O que deve ser feito, em nossa opinião, é esboçar uma zona de atividade[62] de classes, terminologias e conceitos.

Livro de artista, livro-arte, livro de arte, arte-livro, livro-obra, livro-objeto, livro ilustrado, livro-poema, poema-livro, livro fotográfico, fotolivro, fotolivro de literatura – a definição de cada uma dessas classes depende de propriedades específicas (e/ou excludentes) compartilhadas? As classificações resultam de casos empíricos examinados isoladamente? O livro-objeto, por exemplo, possui um núcleo de propriedades típicas? Para Lampert, "há, de fato, alguma diferença intrínseca e significativa nos campos Livro de Artista e Fotolivro? Onde começa um e termina outro? Não estaríamos, no fundo, falando da mesma coisa, apenas a partir de referenciais teóricos e históricos diferentes?".[63]

São muitos os critérios utilizados para elaboração dos termos e classes, e se a mesma obra pode adequar-se a mais de uma classe, isso não deve ser considerado um problema. Alguma ambiguidade classificatória é algo que não deve ser ignorado. Ao observar nomenclaturas e terminologias, as classes muitas vezes podem se superpor; com frequência, é isso que acontece. Mais do que isso, como já sugerimos, muitas vezes não existe uma correspondência direta entre os membros de uma classe e os fenômenos observados. Também não vemos critérios claros sobre o que define as relações de proximidade entre os membros de uma classe ou muitas. Há também obras que satisfazem, simultaneamente, diversos critérios. *The Green Box* (1934), de Marcel Duchamp, é um bom exemplo. Considerado um caso exemplar de livro-objeto, a obra de Duchamp (figura 3.5) "figura como um marco histórico que engendra o que viria a ser chamado livro de artista contemporâneo".[64] A caixa contém desenhos, fotografias e anotações que funcionam como "pistas" para a interpretação de *The Bride Stripped Bare by her Bachelors Even* (1915-1923), e representa uma exuberância de relações entre o livro, como artefato, e as artes visuais, a partir dos anos 1950-1960. Além de um caso paradigmático de livro-objeto, a caixa de Duchamp é, também, um livro de artista e um livro-caixa.

Figura 3.5: ***The Green Box*** (1934), de Marcel Duchamp, exemplo de livro que pode ser classificado como livro de artista, livro-objeto ou livro-caixa. A caixa contém fotografias, imagens e anotações que sugerem muitas pistas para a interpretação de ***The Bride Stripped Bare by her Bachelors Even*** (1915-1923).

Twentysix Gasoline Stations (1963), de Ed Ruscha (figuras 3.6 e 3.7), é outro exemplo que revela grande ambiguidade classificatória. Definido como um livro de artista e como um fotolivro, ele é especialmente interessante porque permite estabelecer "um elo entre as teorias do Livro de Artista e do Fotolivro já que ambas se referem recorrentemente a ele como marco, embora, de certa forma, levando em consideração aspectos distintos".[65] Para Ruscha, as "fotos são coletâneas de fatos [e o] livro pode ser considerado uma coleção de *ready mades*".[66] O livro contém vinte e seis fotografias de postos de gasolina, tiradas entre as cidades de Los Angeles e Oklahoma, nos Estados Unidos.

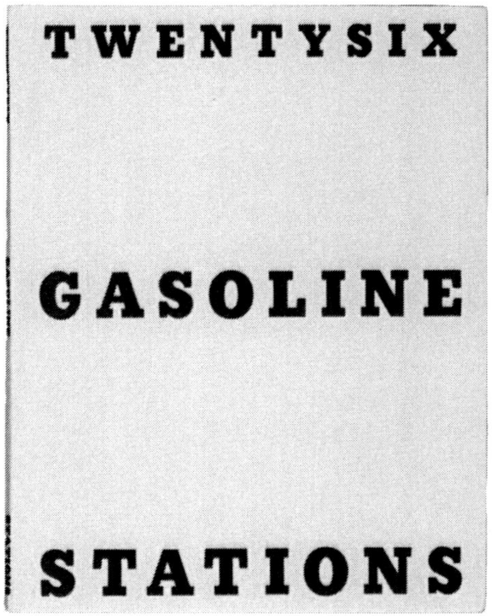

Figura 3.6 e 3.7: Capa e página interna de ***Twentysix Gasoline Stations*** (1963), de Ed Ruscha, uma obra que pode ser classificada como exemplo de fotolivro e livro de artista.

Entre 1963 e 1978, Ruscha publica dezesseis fotolivros. Muitos pesquisadores consideram uma das "mais celebradas séries de livros de artista"[67] já realizada. *Every Building on the Sunset Strip* (1966) abre-se como um acordeão (figura 3.8, abaixo), oferecendo ao leitor duas vistas fotográficas contínuas, em frente e verso das páginas, como diferentes lados das vias da cidade. Ele é, para curadores e artistas, um fotolivro, um livro de artista e um livro-objeto.

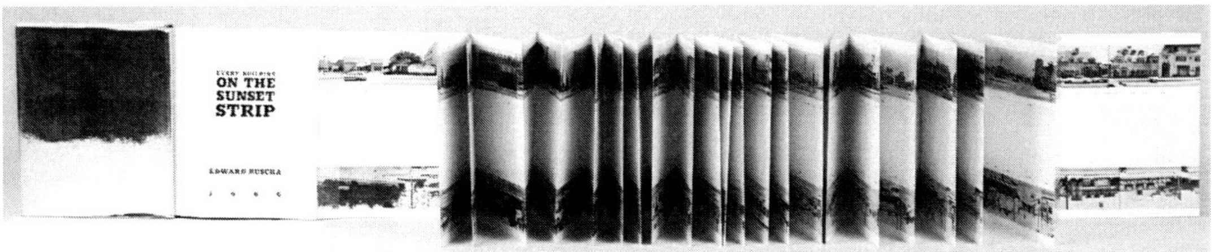

Figura 3.8: ***Every Building on the Sunset Strip*** (1966), de Ed Ruscha.

Para Karg, "Ed Ruscha afastou-se do padrão de luxo do livro de artista e colocou mais ênfase na ideia artística e no conceito, apresentado de uma forma muito reduzida e simples".[68] Outros títulos de Ruscha incluem *Various Small Fires and Milk* (1964), *Some Los Angeles Apartments* (1965), *Thirtyfour Parking Lots* (1967), *Nine Swimming Pools and a Broken Glass* (1968) e *Real Estate Opportunities* (1970).

O Fluxus, também em meados da década de 1960, em um enfrentamento direto ao mercado das artes e às suas ações institucionais, constrói diversas caixas (figura 3.9). Para Panek, essas caixas "são o espaço de exposição experimental das obras de seus artistas, tal como a caixa ou a maleta de Duchamp, se os últimos apresentavam documentações ou reproduções de suas obras, os artistas do Fluxus utilizaram originais, materiais industriais retirados do cotidiano".[69] Muitas das questões formuladas pelas obras de Duchamp, Fluxus e Ed Ruscha estão no cerne do desenvolvimento do campo Livro de Artista.

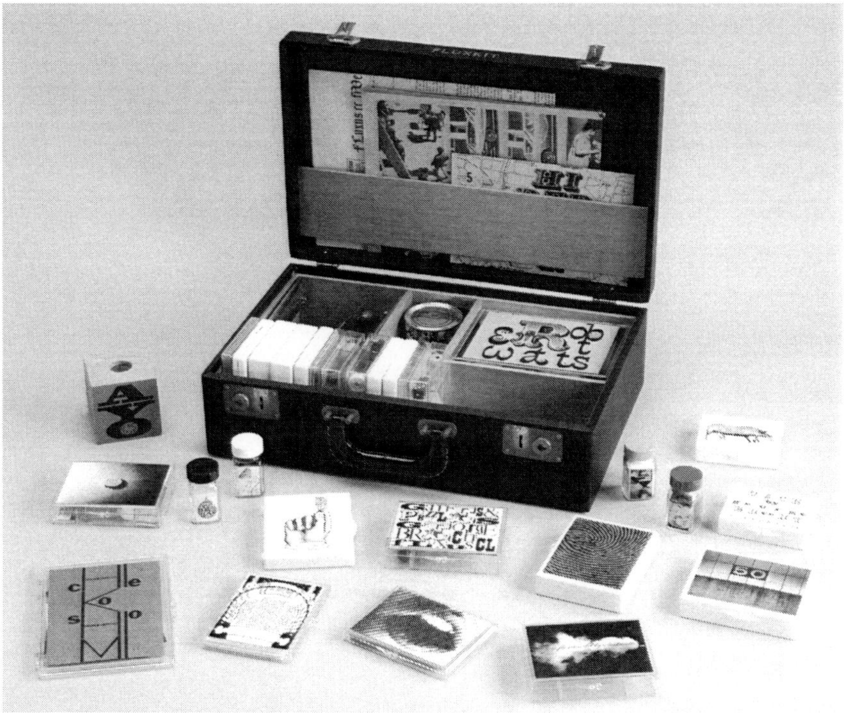

Figura 3.9: ***Caixas Fluxus*** (1960). Obra do Fluxus, que pode ser classificada como livro de artista, livro-objeto e livro-caixa.

No Brasil, muitas experimentações com fotolivros e livros de artista acontecem desde, ao menos, o início do século XX – de Euclides da Cunha (com fotos de Flávio de Barros), Oswald de Andrade (foto, ilustração, colagem e bricolagem, multiautoria), Jorge de Lima (fotomontagem), e Guilherme de Almeida (com o fotógrafo Eduardo Ayrosa), a Décio Pignatari (foto, ilustração), Maureen Bisilliat (com textos de Euclides da Cunha, João Cabral de Melo Neto, João Guimarães Rosa, Adélia Prado), Paulo Leminski (com o fotógrafo Jack Pires), Miguel Rio Branco, Arnaldo Antunes (com a fotógrafa Márcia Xavier), entre muitos outros –, quando escritores, artistas e fotógrafos atuam nesse espaço de colaboração entre fotografia, artes visuais, design, e poesia (e prosa) verbal.

Um caso impressionante é *O perfeito cozinheiro das almas deste mundo* (1918 [1987]).[70] Decisivo ao nosso modernismo,[71] é uma "homenagem a uma cultura estética em declínio".[72] O "diário de *garçonnière*" intermidiático e multiautoral, de Oswald de Andrade, e colaboradores, "antecipa a nova era moderna da sátira, fragmentação e colagem"[73] – "posicionado entre o banquete celebratório do fim-de-século e o modernismo desvairado de 1922, o volume documenta a fermentação de ideias e a experimentação estilística de um momento de modernização *avant la lettre*, que pretendia uma revisão de tudo"[74] (figuras 3.10, 3.11 e 3.12). Ele baseia-se no uso combinado de fotografias, colagens, carimbos, desenhos, cartões, *ready-mades* verbais e fragmentos de textos dos que frequentavam,[75] com Miss Cyclone, a *garçonnière* da Rua Líbero Badaró, 67, São Paulo, entre 1917 e 1918 – "uma espécie de grande caderno de atas de capas negras, tamanho 33 cm x 24 cm, com folhas numeradas e papel pautado, cujo insólito conteúdo – grampos para cabelo, cartas, cartões, caricaturas, marcas de batom, histórias em quadrinhos – tornava sua produção uma empresa, em princípio, irrealizável".[76]

O Thomaz lesse no dia em que souber para que serve o nacionalismo.

Ew

—

Commemorar em Tijucopolis representa o papel, um pouco almoço os Bapas em Jerusalém, desejo e Titi o espero nos proximos dados na Liga Nacionalista — o Thomaz [illegible]
Curava com a camisinha de Tufão...

V.V.

Vicentinho de Carvalho
Autor do "Gôzo, gôzo de amor!" e do "Fugindo ao Cemiterio".
Outras producções: "Ultima inconveniencia" — "Pequenos Tortos" — (Do livro Pó, Ervas e Garcões.)

Almoço de Simão Urupê

— Lobato, foste o cordeirinho pascal desse farra de quaresma!

Não conhecem a Triroal? É a Graça Loiza (não confundir com Graça Aranha), vestida pelo Suzonet, que tanto nos espantou. Perfil de camuphen, mãos brancas de monja e um riz (que riz!) de Penguins, luminoso e garoto. Potavel? Hollalá! Resolutissima! Até já mesmo, há dias, um azedo béguin — d'aquelles que levam o Rufino, o Arthur Rufino, a fumar a "torre da pisheira" com uma azeitona de calibre grosso. Esse Miramar! Que bon-em sem escrupulos! Levar a gente, atoa, n'essas hospedarias suspeitas para abichar comicas do "Saint Martin"... Safado! E logo, o rabicho, o hediondo rabicho creoulo, venenoso, vulcanico... "Maldito sea usted, Juan Miramar! y los niños que hayas de tener!"

V.

—

Miramar, no entanto, pelo seu ultimo amor serio, foi a Tijucopolis, trezentos e muitos kilometros de trilhos! Recebeu-o na gare, Aristides, director humido do Grupo,
— Que o esperava desde hontem!
Sim, mas é que hontem, quando o trem parou na madrugada da estação de tijolo, elle levava a Tufão. Conheça? Está mais carnuda e sem a mecha. Apresentou-o com precipitação; onde havia isto de angustia, ao Sr. de Cortignac e sua senhora, a melhor das sogras. Cortignac é o bufalo ibero de calças listadas de brim. Tem um punho notavel.
No hotel, onde Miramar se banha, ha um palhaço tomando café. Não, positivamente, não ha quartos nesse hotel.
Dia inquieto. Quem será Cortignac?
— É o melhor dos paes, explica Tufãozinho. Deslumbrei-o. Fará por mim tudo. Apenas se souber que me seduziste com promessas levianas...
— Arcabusa-me!
— Morremos... eu tambem... porque morre a minha vida!

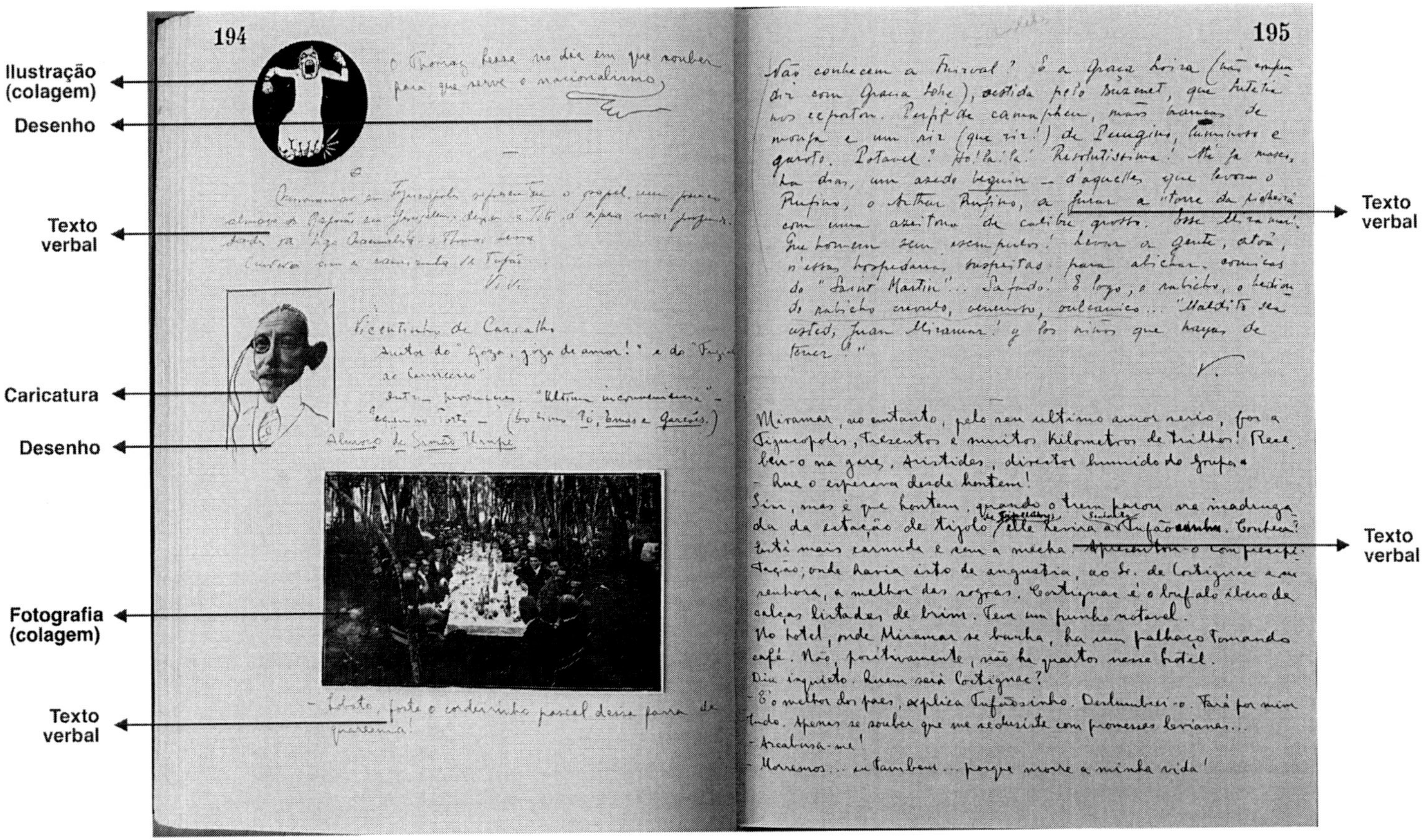

Figuras 3.10 e 3.11: páginas 194 e 195. Estão combinados: caligrafias policromáticas (vermelho, preto), colagem de fotografia intitulada "almoço de Simão Urupê", caricatura feita de recorte e complemento à caneta, adesivo colado no canto superior esquerdo da página par.

Definido por Jackson como "um repositório particular de escritas aleatórias – grafias espontâneas de todos que frequentavam o ateliê – cujo propósito era deixar no livro, com engenho e arte, a própria vida que passava",[77] ele é também um "objeto pré-moderno". "Livro participante",[78] precursor dos romances-invenção *João Miramar* e *Serafim Ponte-Grande*, publicado em edição fac-símile pela primeira vez em dezembro de 1987, pelo trabalho editorial de Frederico Nasser,[79] pouco mencionado até hoje e de difícil classificação ("álbum artístico-literário", "texto-caderno", "romance-receita";[80] "desordenado-romance";[81] "livro-álbum", "livro-razão", "livro-caixa-de-surpresas"[82]), ele é um livro objeto, livro de artista e um fotolivro.

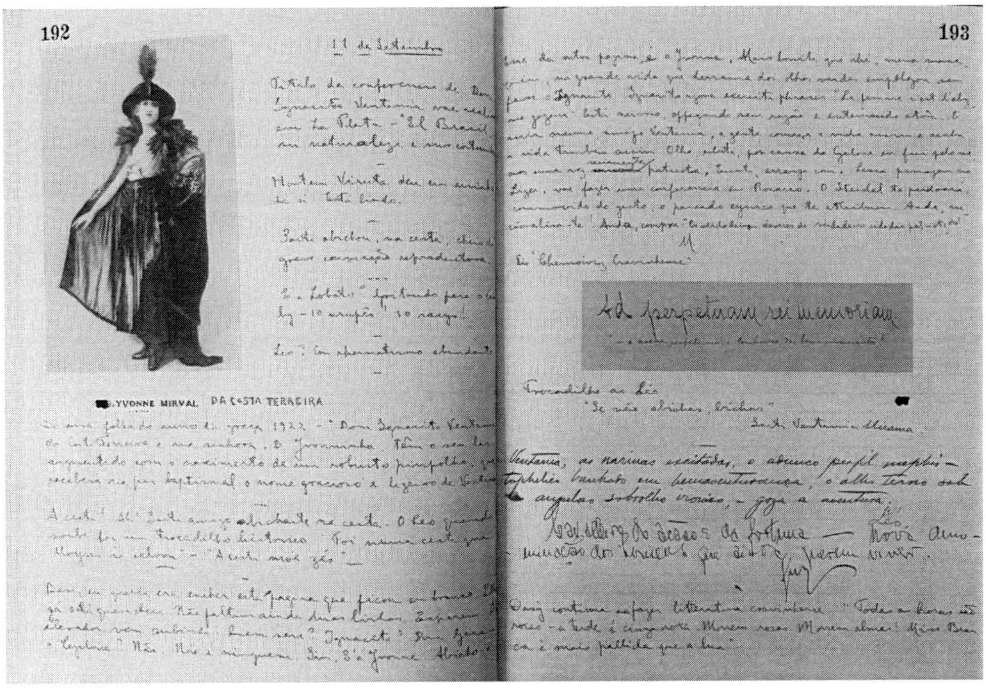

Figura 3.12: Fotolivro-diário de Oswald de Andrade, ***et al***, instalado na ***garçoniére***, para colaboração multiautoral.

O perfeito cozinheiro das almas deste mundo, ao qual não dedicamos aqui mais do que estas poucas observações, é um exemplo surpreendente de experimentação intermidiática. Serve-nos especialmente bem porque é de difícil classificação, e segue mal compreendido e negligenciado até hoje.

FOTOLIVRO – LIVROS SOBRE FOTOLIVROS

O campo dos estudos sobre fotolivros, e a popularização do termo,[83] têm um marco cronológico, que é 1999. Neste ano, Horacio Fernández foi curador, no Museu Nacional Centro de Arte Reina Sofía, em Madrid, da exposição *Fotografía Pública, Photography in Print 1919-1939*. A exposição,[84] acompanhada de uma publicação de mesmo nome, concentrou-se na utilização "criativa e independente" da fotografia,[85] no período entreguerras. Fernández exibiu "os melhores exemplos de livros que se destacavam pela maestria com que usavam a fotografia".[86] Acompanhando o crescente interesse pelo fenômeno, Andrew Roth publica, em 2001, *The Book of 101 Books: Seminal Photographic Books of the Twentieth Century*. Neste volume, a fotógrafa Shelley Rice afirma que os fotolivros são "uma história secreta embrenhada na conhecida cronologia da história da fotografia". Em 2004, Roth desenvolve esse trabalho e publica uma versão ampliada, *The Open Book - A History of Photographic Book from 1878 To The Present*. Os fotolivros compilados neste último volume são selecionados por um grupo coordenado pela curadora Ute Eskildsen, do *Folkwang Museum*, em Essen, na Alemanha. O grupo é formado por Hasse Persson, do *Hasselblad Center*, em Gotemburgo, pelo designer gráfico Karl Lagerfeld, pelo consultor Christoph Schifferli, pelos editores Ingrid Sischy e Gerhard Steidl e por Andrew Roth, especialista em livros raros.

Ainda em 2004, Martin Parr e Gerry Badger publicam o primeiro volume de uma trilogia, pela editora Phaidon, *The Photobook: A History - Volume I*. Este volume contém uma seleção de mais de duzentos exemplares de fotolivros, e cobre um amplo período, do século XIX aos anos setenta do século XX. O segundo volume é publicado em 2006, *The Photobook: A History: Volume II*, e o terceiro em 2014, *The Photobook: A History - Volume III*. Nesse último, dividido em nove capítulos temáticos, são apresentados fotolivros produzidos desde o pós-guerra até a data de publicação do volume. Essas publicações rapidamente se transformam nos principais livros de referência para pesquisadores, acadêmicos, estudantes, colecionadores e instituições.

Entre as publicações e compilações mais recentes, aparecem: *Great Stalinist Photographic Books* (2007), de Mikhail Karasik, Alexei Morozov e Alexander Shopkov, publicado pela editora Kontakt-Kultura, dedicado aos fotolivros soviéticos dos anos 1930-1940, feitos durante o stalinismo, que se tornaram "verdadeiras relíquias"; *Japanese Photobooks of the 1960s and '70s* (2007), uma seleção de fotolivros japoneses, de Rayüichi Kaneko e Ivan Vartanian, publicado pela Aperture Publishing House; *The Soviet Photobook 1920-1941* (2015), publicado pela Steidl, de Mikhail Karasik, e editado por Manfred Heiting; *The Japanese Photobook 1912-1990* (2017), de Kaneko Ryuichi e Manfred Heiting, publicado pela Steidl, e *El Fotolibro Latinoamericano* (2011), de Horacio Fernández, publicado pela RM Verlag, que inclui cento e cinquenta obras e "que revelam a contribuição que a América Latina deu à história do fotolivro, bem como alguns dos segredos mais bem guardados da história da fotografia".[87] Esse último é uma seleção dos trabalhos publicados desde 1920 até o presente e é considerado a melhor documentação já realizada da história do fotolivro latino-americano. Do mesmo autor, *Fotos y libros: España 1905-1977* (2014) é título de uma exposição e livro de mesmo nome. Trata-se de um estudo sobre os fotolivros publicados na Espanha durante o século XX, do acervo do Museu

Reina Sofía. *The Dutch Photobook: A Thematic Selection from 1945 Onwards* (2012), de Frits Giertsberg e Rik Suermondt, publicado pela Aperture, é um volume reconhecido por sua abordagem colaborativa entre fotógrafos e designers holandeses. O livro apresenta cem projetos de fotolivros históricos contemporâneos.

The Chinese Photobook: From the 1900s to the Present (2015), de Wassink Lundgren, Gu Zheng, Raymond Lum, Ruben Lundgren, Stephanie Tung, Gerry Badger e Martin Parr, foi publicado pela Aperture. O volume é baseado em uma coleção compilada por Martin Parr e uma equipe de fotógrafos holandeses de Pequim e Londres, coordenada por Wassink Lundgren. A seleção inclui volumes publicados entre 1900 e contemporâneos chineses. *CLAP! Contemporary Latin American Photobooks 2000-2016* (2017), organizado por Olga Yatskevich, Russet Lederman, Matthew Carson e Michael Lang, foi publicado pela 10x10 Photobooks. *The Mexico City* (2019), publicado pela Aperture, apresenta fotógrafos e escritores mexicanos e latinoamericanos, jovens e veteranos. É importante dizer que essa lista está longe de ser exaustiva. Ela fornece ao leitor apenas uma mostra do prestígio adquirido pelo fenômeno na última década.

FOTOLIVRO – FESTIVAIS, FEIRAS, EXPOSIÇÕES

Além de publicações especializadas, feiras, festivais, e exposições, oficinas de produção acontecem em todo o mundo. Os museus mais tradicionais passaram a dedicar grande atenção a fotolivros. Instituições como Tate Modern (Londres), The Museum of Fine Arts (Houston), MoMa (Nova York), Reina Sofía (Madri), Instituto Moreira Salles (São Paulo), obtiveram, com grande repercussão, vastas coleções de fotolivros. Em Colônia, na Alemanha, foi fundado, em 2014, o Photobook Museum, primeiro museu exclusivamente dedicado ao fotolivro.

Um festival de fotografia que não possui uma seção toda dedicada a fotolivros tornou-se praticamente inconcebível. Boa parte dos eventos dedica ao menos um segmento de sua organização ao fotolivro. Sobre festivais e feiras, alguns dos mais conhecidos incluem: *Athens Art Book Fair*, fundada em 2019, que é uma feira de livros que acontece anualmente na Grécia (Atenas); *Atlanta Celebrates Photography*, o maior festival anual de fotografia voltado para esta comunidade nos Estados Unidos; *Baphoto*, ou *Buenos Aires Photo*, fundada em 2005, é a mais importante feira de arte especializada em fotografia da América Latina; *Brooklyn Art Book Fair*, feira anual fundada em 2007, é organizada pela Endless Editions. *Kyiv Photo Book International Festival* é uma feira de fotolivros de editoras ucranianas e estrangeiras e livrarias especializadas. O evento é mais recente, começou em 2019, em Kiev. Não há informação detalhada, mas ele foi certamente interrompido pela guerra. A *Feira do Livro de Fotografia de Lisboa*, evento anual, foi criada em 2015 e reúne autores, editores independentes e livreiros especializados em publicações fotográficas, fotolivros e fotozines. *Photobook Festival Kassel*, fundado em 2008, em Kassel, é o primeiro festival inteiramente dedicado ao fotolivro. Na Espanha, o primeiro festival dedicado ao fotolivro é o *Fiebre Photobook Festival*. Criado em 2012, ele acontece anualmente em Madrid. *Paris Vintage Photobook*, criada em 2017, é uma feira destinada aos fotolivros *vintage*, e a obras raras e esgotadas. Ainda na França, Arles, *Les Rencontres de Arles* é um festival anual de fotografia iniciado em 1970 pelo fotógrafo Arles Lucien Clergue, o escritor Michel Tournier e o historiador Jean-Maurice Rouquette. *Vienna Art Book Fair* teve início em 2019, em Viena, destinada a livros de artista e fotolivros. *FotoFest*, criado em 1986, é o primeiro e mais antigo festival de fotografia dos Estados Unidos, com sede em Houston, Texas, e é considerado um dos principais festivais de fotografia do mundo. Mas a maior e mais antiga feira de livros que se conhece é a *Frankfurt Book Fair*, em Frankfurt, onde é conhecida como *Frankfurter Buchmesse*. Com uma história de quinhentos anos, a feira atualmente conta com mais de sete mil expositores de cem países e mais de duzentos e oitenta mil visitantes em cada edição. A feira tem dedicado grandes segmentos a exposição de fotolivros.

Algumas organizações também dedicam editais e prêmios a fotolivros. *Baxter St. at the Camera Club of New York* é uma das organizações artísticas mais antigas de Nova York, fundada em 1884 como *The Camera Club of New York*. A organização, desde 2014, apoia e promove debates sobre a prática da fotografia, com uma programação que inclui exposições e séries de conversas, além de programas de residência artística. Ela é também sede da feira *Zine & Photo Book Fair*, destinada a fotolivros e zines, fundada em 2010. *Center Photographic Book Fair* é uma organização sem fins lucrativos fundada em 1994 que, por meio de editais, programas, prêmios e subsídios, apoia projetos de fotógrafos e artistas.

No Brasil, estão entre os eventos mais conhecidos: *Festival Internacional de Fotografia*, do *Paraty em Foco*, que teve sua primeira edição em 2005; *FestFoto* de Porto Alegre, de 2007; *Feira Tijuana*, primeira feira de publicações e livros de artista organizada no Brasil, criada em 2009; *Festival de Fotografia de Tiradentes*, do projeto Foto em Pauta, com início em 2011; *Foto MIS*, do Museu da Imagem e do Som de São Paulo, criado em 2012; *Foto Feira Cavalete*, também criado em 2012; *Feira Plana*, o principal evento itinerante de publicações independentes da América Latina, com início em 2013; *Valongo Festival Internacional da Imagem*, com início em 2016; entre outros.

Embora o fotolivro possua hoje um prestígio institucional que desconhecia há uma ou duas décadas atrás, este não é o caso do fotolivro de literatura.

FOTOLIVRO DE LITERATURA

O fotolivro de literatura resulta de um tipo de experimentação em que o sistema, ou processo, verbal (poesia ou prosa) sofre a ação decisiva (determinação, restrição, ou integração) de processos fotográficos. Trata-se, com relação ao fotolivro, de um aumento de complexidade (construtiva e interpretativa), em muitos níveis de organização. Ele está, portanto, relacionado à "combinação", ou ao "acoplamento", de ao menos dois sistemas ou processos, reconhecidos como distintos. Como afirmamos no início deste capítulo, podemos abordar o fotolivro como um subcampo do campo de pesquisa Livro de Artista. Como abordar, então, o fotolivro de literatura? Ele pode ser considerado um conjunto ainda mais específico, parte deste subcampo (figura 3.13). Aqui, este fenômeno (intermidiático: fotográfico-literário) possui uma propriedade que, para nós, parece caracterizá-lo de um modo preciso - colocalização palavra-imagem fotográfica.

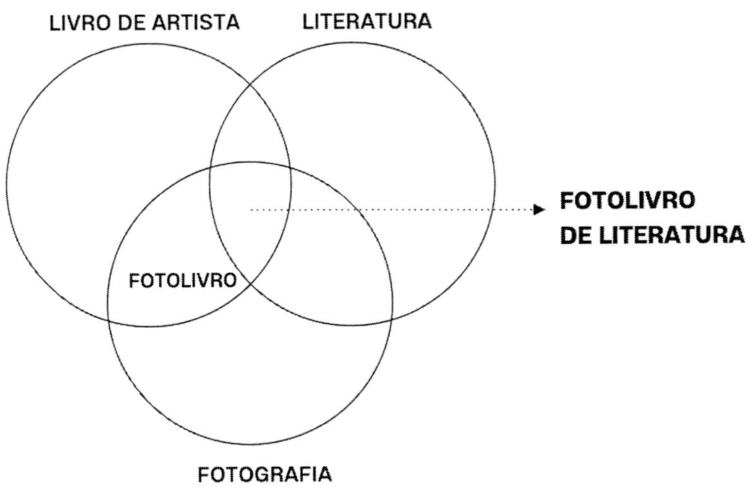

Figura 3.13: Este diagrama situa o fotolivro de literatura na intersecção das áreas de pesquisa Livro de Artista, Estudos Literários e Fotografia.

O fenômeno da relação palavra-imagem tem sido considerado cada vez mais relevante, em diversos domínios dos estudos literários. Mas isso não é um consenso. Segundo Ansón, "uma importante atenção tem sido dada às ligações relevantes que existem entre a literatura e as artes visuais".[88] Para Schøllhammer, este "campo de trabalho comparativo [dedicado ao estudo da relação entre texto e imagem, ou representação visual e literatura] parece ser, hoje, de renovado interesse para os estudos literários",[89] já que "a principal dimensão híbrida, na prosa da década de 1980, é resultado da interação entre a literatura e outros meios de comunicação, principalmente meios visuais, como fotografia, cinema, publicidade e a produção da mídia em geral".[90] Contudo, como argumenta Ansón, o campo é restrito a domínios específicos, com trabalhos que "se dedicam a investigar os contatos e influências entre a literatura e a pintura e, mais recentemente, entre a literatura e o cinema".[91] Figueiredo tem uma opinião distinta. Embora ele concorde com Ansón quando afirma que, embora a literatura não tenha ficado "imune aos contínuos entrecruzamentos entre diferentes áreas da produção cultural",[92] tal questão não tem mobilizado os estudiosos da literatura – "são os teóricos das áreas das Artes Plásticas, da História Cultural e da Comunicação que têm apresentado uma reflexão mais sistemática sobre as distensões da escrita e as intersecções da literatura com os demais campos artísticos".[93] Ansón define como "negligência intelectual" o fato de pesquisadores ignorarem quase completamente "a presença influente que a fotografia teve na criação literária desde o próprio surgimento do daguerreótipo em meados do século XIX até os dias atuais".[94] Para Brunet, a "negligência" se deve ao não reconhecimento da fotografia como fenômeno artístico, sendo relegada, desde sua invenção, à uma função meramente documental – "o fotógrafo do século XIX não era, em geral, muito escritor, muito menos um escritor de literatura; a fotografia geralmente não era considerada como tendo muito a ver com a imaginação, muito menos com a imaginação de uma pessoa".[95] Para Ansón, não é possível desvincular a importância mútua, entre a produção literária e a fotografia. Não é possível analisar "a narrativa moderna" desconsiderando as "mutações que a fotografia introduziu no mundo da arte e da literatura".[96]

> Não é possível explicar o movimento naturalista [por exemplo] sem fazer uso da imagem fotográfica, quando Zola, em seu *Romance Experimental* (1880), compara manifestamente a obra do romancista com a precisão meticulosa e sua capacidade de refletir objetivamente a realidade que ele oferece, o daguerreótipo. A fotografia do interior do corpo humano desempenha um papel fundamental em *The Magic Mountain* (1924), de Thomas Mann, assim como diferentes manifestações fotográficas no monumental álbum de família de Proust, *À la recherche du temps perdu* (1913-1927).[97]

Sussekind afirma, sobre as transformações ocorridas na "mentalidade coletiva", e com o "estreitamento de contatos entre literatura e *media*, que "cada novo *medium* transforma a mentalidade coletiva, imprimindo-se no relacionamento das pessoas com seus corpos, consciência e ações".[98] Para Sussekind, "a entrada quase simultânea de diversos aparelhos (cinematógrafo, gramofone, fonógrafo) e transformações técnicas (da litografia à fotografia) indica significativa alteração nos comportamentos e na percepção dos que passaram a conviver cotidianamente com tais artefatos".[99] A autora sugere um tratamento da história da literatura "que leve em conta suas relações com uma história dos meios e formas de comunicação, cujas inovações e transformações afetam tanto a consciência de autores e leitores quanto as formas e representações literárias propriamente ditas".[100]

De acordo com Schøllhammer e Olinto, é inevitável uma revisão, com consequências metodológicas, relacionada à "mistura" entre a literatura e as outras artes – "não parece mais possível isolar a obra literária de sua inserção numa rede complexa de significação cultural predominantemente visual".[101] Ainda mais radicalmente, para

Schøllhammer, uma análise da relação entre literatura e imagem não pode se limitar a uma análise do "diálogo" da obra literária com a obra visual, "mas deve ser vista na perspectiva mais ampla dos estudos das visibilidades, da cultura visual e do desenvolvimento tecnológico de novas formas de representação visual".[102] As mudanças ocorridas nos regimes de representação (e nas relações palavra-imagem), em novas etapas de transformação técnico-científica, não são novas - "A literatura sempre dialogou com as artes plásticas (...), mas atualmente assistimos uma evolução tecnológica dos meios modernos de comunicação visual na fotografia, no cinema, na televisão, na publicidade e nas realidades virtuais que redefine o papel do livro e da leitura".[103]

Segundo Martoni, o aumento significativo da produção de obras literárias "fortemente marcadas pela inclusão de fotografias, pela colagem de documentos e pela manipulação tipográfica, dentre outras operações realizadas nos níveis textuais, paratextuais e perigráficos",[104] é fator determinante que exige o "reexame das categorias tradicionais que empregamos na análise da própria literatura, como autor, livro, poesia, gênero literário e, até mesmo, literatura.[105] Moritz não parece muito otimista sobre a eficácia de qualquer forma de categorização quando afirma que "provavelmente existem tantas relações entre texto e imagem quanto livros que as empregam".[106] Para ele, "a relação entre texto e imagem é tão antiga quanto escrever desenhando, [...] os fotolivros que lidam com o texto são apenas casos especiais de um padrão mais antigo".[107] O fenômeno não é extraordinário.

> Poucos fotolivros funcionam completamente sem texto. *Common Sense* (1999), de Martin Parr, por exemplo, contêm muitas imagens com texto dentro (ou sobre): pôsteres, outdoors, etiquetas de preços e até tatuagens são usados para comunicar o texto, por meio do registro fotográfico.

Figueiredo, ao considerar a "expansão dos limites de cada campo artístico",[108] propõe o termo "literatura expandida". Mas o termo "expandido", para definir práticas intermidiáticas do século XX, já tinha ganhado notoriedade na década de 1970. Ele apareceu seminalmente no livro de Gene Youngblood, *Expanded Cinema* (1970). O próprio Youngblood[109] atribuiu a criação do termo "expandido" ao cineasta experimental, pioneiro artista multimídia, Stan VanDerBeek, em 1966. Mas foi Youngblood o responsável por sua divulgação – "Foi Gene Youngblood quem colocou isso na capa de um livro, o encheu de combustível e o enviou zunindo pelo mundo da arte do final dos anos 1960, como um míssil teleguiado".[110] É aceito, ao mesmo tempo, que é Rosalind Krauss a responsável pela popularização do termo "expandido" para caracterizar fenômenos intermidiáticos. Krauss, no final da década de 1970, publica o artigo "A escultura no campo expandido",[111] onde "campo expandido" é usado para explicar "o que teria acontecido na escultura contemporânea a partir das experiências do minimalismo americano na década anterior".[112] O argumento de Kraus sobre a expansão da escultura baseia-se "no fato de que os objetos expandidos já não se parecem com o que durante muito tempo foi reconhecido como escultura ou arte";[113] esculturas de ontologias híbridas, combinações de arquitetura, paisagem e objetos. John Cage, "a figura mais paradoxal de toda música contemporânea"[114], teria afirmado – "As pessoas ainda pedem definições, mas agora é tranquilo que nada pode ser definido. Muito menos a arte, seus propósitos etc. Não estamos certos nem sobre cenouras."[115]

Segundo Arlindo Machado, a ideia de expansão "germinou" nas últimas décadas – "em certo sentido, todos os meios e artes entraram num processo de expansão, como se os círculos definidores de todas as artes e meios ameaçassem se fundir num único círculo do tamanho do campo inteiro da cultura".[116] Para Machado, "em lugar de pensar os meios individualmente, a atenção se dirige para as passagens que se operam entre a fotografia, o cinema, o vídeo e as mídias digitais".[117] No campo dos estudos literários, o termo "literatura expandida" não possui uma data precisa de surgimento. Ele também descreve operações com ontologias híbridas, fenômenos multimodais, combinando processos visuais, gráficos, e tipográficos, *ready-mades* (verbais e visuais), objetos tridimensionais e sistemas justapostos ou superpostos. Brizuela também está interessada no fenômeno fotográfico-literário como "expansão da literatura" – "o que acontece quando a literatura toca a fotografia? A literatura move-se para uma prática conceitual, abre-se para o mundo, para aquilo que não era antes parte dos materiais do meio literário".[118] Ela sugere a necessidade da "crítica pensar novos termos",[119] a partir do aparecimento de novas e diversas "obras híbridas em que fotografias e textos compartilham um espaço comum, o livro".[120] A autora também sugere os termos "obra conceitual" e "literatura fora de si"; "outro possível [termo] seria o de uma obra aberta".[121]

> As expansões da literatura (utilizando termo cunhado por Rosalind Krauss para falar da escultura) são variadas e não acontecem apenas a partir dos anos 1950, senão vêm acontecendo, em experiências isoladas, desde o início do século XX – a primeira edição de *Os Sertões*, de Euclides da Cunha, de 1902, por exemplo, tinha fotografias da Guerra de Canudos, que em edições posteriores foram suprimidas.[122]

Michael Nott adota outro termo – fotopoesia.[123] Ele elabora um mapa das interseções e sobreposições históricas, desde meados do século XIX, entre o livro, a fotografia e a poesia, que ele chama de fotopoesia – "o primeiro relato crítico da fotopoesia".[124] Trata-se de um trabalho muito cuidadoso, sem precedentes. O autor inicia com uma pergunta – "o que é o fenômeno fotopoesia? Ele [o termo] é de tal modo original que o *Oxford English Dictionary* não registra definições de 'fotopoesia' ou 'fotopoema', ou termos comparáveis, como 'fotoverso'".[125] Sobre seu surgimento, Nott relata que "o primeiro uso da palavra 'fotopoema' ocorre em *Photopoems: A Group of Interpretations through Photographs* (1936), fotografado e compilado por Constance Phillips".[126] Mas o fenômeno é muito anterior – "pares de poemas e fotografias em forma de livro já existiam quase um século antes dos fotopoemas, embora a antologia de Phillips seja importante por sugerir que a forma merecia ser reconhecida e receber um nome distinto".[127] Na França, o termo definia a mesma operação – "em seu artigo sobre *Facile* (1935), de Paul Éluard e Man Ray, Nicole Boulestreau inventou o termo 'fotopoème' para descrever o fino volume que combina os poemas de Éluard e as fotografias de Man Ray" (figura 3.14).[128] Segundo Boulestreau, em *Facile*, "o significado progride de acordo com a reciprocidade da escrita e das figuras: a leitura se entrelaça por meio de recortes alternados do significante em texto e imagem".[129]

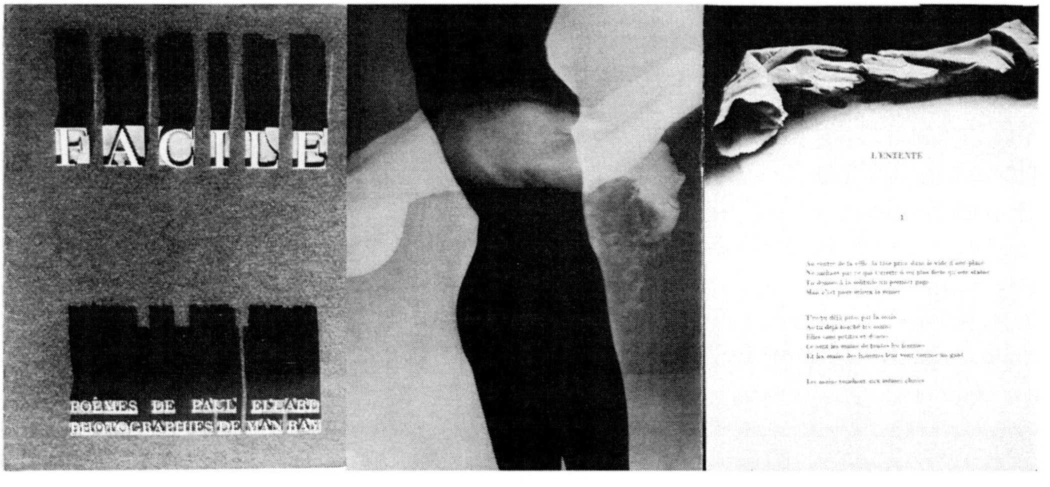

Figura 3.14: ***Facile*** (1935), com poemas de Paul Éluard e fotografias de Man Ray.

Um dos aspectos importantes do trabalho de Nott, distinto do que fizemos aqui, é seu interesse declarado pela colaboração, irrestrita, entre poeta e fotógrafo. Para o autor, explorar "as relações entre poemas e fotografias necessariamente envolve estudar as práticas de trabalho de poetas e fotógrafos na criação de textos fotopoéticos".[130] Para descrever formas conhecidas de colaboração, Nott baseia-se em outro autor, Andy Stafford, e em seu livro *Photo-texts: Contemporary French Writing of the Photographic Image* (2010). Stafford enumera três classes distintas de foto-texto – "[colaborativo, auto colaborativo e retrospectivo] que refletem amplamente os tipos de fotopoesia".[131]

Nott explora detalhadamente essa dinâmica, como um critério para tratar os exemplos encontrados. Baseado nos três tipos de colaboração de Stafford, ele propõe "uma definição generosa de fotopoesia como uma forma de foto-texto que toma, por seus componentes principais, poesia e fotografia".[132] A colaboração entre poeta e fotógrafo pode ser "retrospectiva ou colaborativa, e, ocasionalmente, feita por um único poeta-fotógrafo ou fotógrafo-poeta. Poemas ou fotografias podem preceder um ao outro, ou serem concebidos em conjunto, em torno de um tópico ou tema central"[133] (figura 3.15).

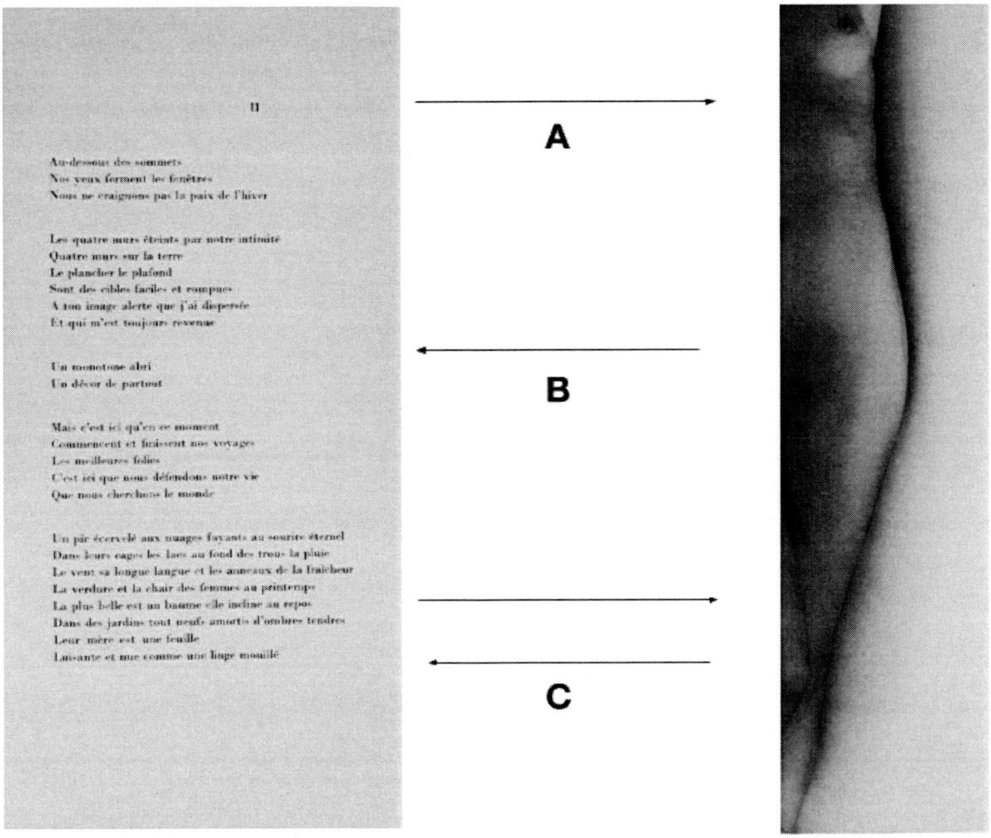

Figura 3.15: Três classes elaboradas por Stafford (2010) e adotadas por Nott (2018). Na imagem, A refere-se à precedência do texto sobre a foto; B, à precedência da foto sobre o texto; C, à concepção conjunta texto-foto.

A única restrição estabelecida por Nott é a "interação de poema e fotografia".[134] Nada é excluído de sua abordagem – "os trabalhos fotopoéticos incluem álbuns de fotos, *scrapbooks*, impressões combinadas com extratos de versos como legendas, caixas de artistas, exposições de museus e galerias e sequências estereográficas.[135] Nott também não cria restrições sobre o formato – "poemas e fotografias podem formar sequências separadas e discretas; podem ser entrelaçados ao longo do trabalho em pares ou seções; ou podem estar na forma de colagens ou montagens".[136] Ele também não faz restrições sobre o processo e estilo fotográficos – "não faço exclusões com base no processo fotográfico (calótipo, fotogravura, jato de tinta), ou estilo (belas artes, documentário)",[137] ou ainda sobre subgêneros poéticos praticados – "diversas formas e estilos de poesia, de longos poemas narrativos e traduções para sonetos e *haikus*; do metro ao verso livre e vice-versa".[138] Qualquer forma de relação entre poesia e fotografia é considerada.

Nesta pesquisa, nós também não fazemos distinção sobre o processo fotográfico envolvido, nem sobre o tipo de texto verbal encontrado (prosa ou poesia). Nosso interesse é pela relação entre texto verbal e fotografia. Obviamente, muitos métodos fotográficos foram criados ao longo das décadas, e muitas técnicas de registro em papel foram incrementadas.

> O desenvolvimento do sistema de meio-tom [por exemplo], no final do século, permitiu que as fotografias fossem reproduzidas foto-mecanicamente (em tom contínuo e sem serem manualmente transformadas em gravuras) ao mesmo tempo e na mesma página do texto, através do mesmo método de impressão. Isso fomentou uma relação mais estreita entre fotografias e textos, pois agora eles interagiam no mesmo pé e podiam se aninhar na mesma página, em vez de serem separados pelo abismo cultural e técnico da chapa e da tipografia. Também facilitou a impressão de mais de uma imagem na mesma página, para que o verso e a frente de duas páginas fossem combinados em uma 'página dupla' de texto e imagens ou para uma fotografia 'sangrar' através da sarjeta".[139]

O principal interesse de Nott concentra-se na colaboração entre poeta e fotógrafo, "como e por que poetas e fotógrafos trabalham juntos",[140] e "como diferentes práticas de trabalho entre poetas e fotógrafos informam e afetam as relações resultantes entre poema e fotografia".[141] Para o autor, "as fotografias não ilustram os poemas: a colaboração inverte a estética típica da ilustração fotográfica".[142]

Nott explora a noção de "fotopoesia" como "uma forma distinta de foto-literatura".[143] Depois de fazer uma revisão histórica do fenômeno, ele delimita o espaço de discussão do fotolivro de literatura como um gênero literário, uma sugestão até hoje não explorada. Mas "o que são gêneros e qual é seu papel?".[144] Essa questão é mais custosa, não foi desenvolvida pelo autor, e deveria envolver uma exploração mais detalhada da noção de "gênero", que não poderemos fazer aqui. Para abordá-la, seria necessário uma discussão envolvendo tópicos de teoria da literatura, teoria da recepção, e isso não está em nosso foco. Um desenvolvimento desse problema sugere que o fotolivro de literatura é um gênero literário. Que implicações (históricas, teóricas, semióticas) podem surgir dessa suposição? Por enquanto, nos dedicamos a um aspecto restrito dos gêneros, aquele chamado por estudiosos e especialistas de "horizonte de expectativas". Jauss, "um dos mais inflexíveis críticos da estética da recepção e grande responsável pela divulgação da expressão [horizonte de expectativas] nas décadas de 1970 e 1980",[145] afirma que se trata de um "impulsor da interpretação".[146]

> Uma obra não se apresenta nunca, nem mesmo no momento em que aparece, como uma absoluta novidade, num vácuo de informação, predispondo antes o seu público para uma forma bem determinada de recepção, através de informações, sinais mais ou menos manifestos, indícios familiares ou referências implícitas. Ela evoca obras já lidas, coloca o leitor numa determinada situação emocional, cria, logo desde o início, expectativas a respeito do "meio e do fim" da obra que, com o decorrer da leitura, podem ser conservadas ou alteradas, reorientadas ou ainda ironicamente

> desrespeitadas, segundo determinadas regras de jogo relativamente ao gênero ou ao tipo de texto.[147]

Para Culler, e isso nos interessa especialmente, os gêneros literários incluem um "conjunto de convenções e expectativas"[148] - ao saber que "estamos ou não lendo uma história policial ou uma aventura amorosa, um poema lírico ou uma tragédia, ficamos à espreita de coisas diferentes e fazemos suposições sobre o que será significativo".[149] Uma característica importante em um gênero pode não passar de mero "detalhe circunstancial sem importância" para outro - "lendo uma história policial, procuramos pistas de uma maneira que não fazemos quando estamos lendo uma tragédia".[150] Uma definição de gênero literário atua ao menos em duas dimensões que relacionam, de um lado, a obra, e de outro, o leitor - "termos como épico e romance são simplesmente maneiras convenientes de classificar as obras com base em semelhanças grosseiras ou eles têm funções para os leitores e escritores?".[151] Relacionado à obra, o gênero é definido como uma coleção de propriedades e estruturas análogas, encontradas em um certo conjunto de realizações, que chamamos de "épico", "lírico", "dramático" etc.

> No gênero épico, a fala do poeta, que se expressa em seu próprio nome, alterna-se com os diálogos entre as personagens, constituindo-se em uma conjugação de duas outras técnicas (dramática e lírica). Em relação ao gênero lírico, esse se centra na fala do poeta que veicula suas próprias ideias e emoções. Esse gênero tende a absorver o ditirambo, a ode, o hino, a epigrama e a écloga - derivações líricas.[152]

Relacionado ao leitor, "a história que se pode contar a respeito de uma certa obra depende do que os teóricos chamam de 'horizonte de expectativas' do leitor"[153] e depende, portanto, do conjunto de "convenções e expectativas" geradas no leitor a partir de informações fornecidas sobre o gênero a que a obra pertence – "uma obra é interpretada como resposta a questões colocadas por esse horizonte de expectativas e um leitor dos anos 1990 deste século aborda Hamlet com expectativas diferentes das de um contemporâneo de Shakespeare".[154] Desse modo, "toda uma gama de fatores pode afetar os horizontes de expectativas dos leitores".[155] Contextualizado aqui (figura 3.16), "componentes estruturais" associados à combinação foto-prosa/poesia determinam (e são determinados) por um "horizonte de expectativas" criado, historicamente, por reiteradas e regulares experiências com certos "componentes estruturais", desde o surgimento da fotografia.

Figura 3.16: O fotolivro de literatura é constituído por um "horizonte de expectativas" do leitor que sofre influência da (e influencia a) coleção de componentes e estruturas que definem o gênero.

Um novo horizonte é criado, baseado em novas transformações técnicas, e na incorporação de componentes estruturais recém-inaugurados. O fotolivro de literatura pode então ser descrito como um gênero que atua determinando (e sendo determinado pela) a obra, deixando à mostra seus componentes distintivos – a combinação, o acoplamento, a colocalização, dos sistemas verbal (poesia ou prosa) e não-verbal (fotografia), fornecendo as informações que atuam, numa complexa dinâmica causal (*causal looping*) na organização de um horizonte de expectativas.

No próximo capítulo, afirmamos que *Os Sertões,* sua macroestrutura, não pode ser dissociada da noção de livro-obra que caracteriza o que o próprio Euclides chama, segundo uma interpretação nossa, de "tecnografia própria", sua arquitetura baseada na co-localização prosa-fotografia, ilustração e mapas.

NOTAS

1 Fernández (2011: 16).

2 Fernandes (2016); Fernandes et al (2015); Gronemeyer (2015); Lampert (2015); Entler (2015).

3 Fernández (2011: 29).

4 Colberg (2017).

5 Abreu (2019).

6 Boom, Prins (1989).

7 Silveira (2008: 21).

8 Silveira (2015: 500).

9 Cadôr (2021).

10 Cadôr (2021).

11 Di Bello, Zamir (2012: 4).

12 O *livro*, neste trabalho, refere-se ao tipo padrão com códice. Códice, ou *códex*, é um formato composto de folhas dobradas e costuradas ao longo de uma aresta. Foi largamente utilizado nos primeiros séculos da era cristã devido às grandes vantagens que oferecia em relação ao antigo *volumen* (livro em forma de rolo), de "manuseio mais prático e agradável, bom aproveitamento de papel, possibilidade de paginação e, portanto, de organização e localização facilitadas do conteúdo, visualização do livro em sua integridade" (Chartier, 1998). Mesmo após a invenção do formato eletrônico (livros digitais e ebooks), o códex continua sendo o formato mais conhecido e utilizado na produção de livros.

13 Shannon (2010: 55).

14 Ver Parr, Badger (2004); Shannon (2010); Fernández (2011).

15 Bello, Zamir (2012: 1).

16 Trecho retirado do artigo "Por que fotolivros são importantes" ("Why Photobooks are Important"), de Gerry Badger, publicado na revista *Zum* n.8.

17 Ver Badger (2015); Parr, Badger (2004); Bello, Zamir (2012); Segovia (2019); Shannon (2010); Silva (2018).

18 Cianotipia, ou cianótipo, é um processo de impressão fotográfica em tons azuis, que produz imagens em ciano. O processo foi descoberto em 1842 pela botânica e fotógrafa inglesa Anna Atkins e pelo cientista e astrônomo inglês John Herschel. Segundo Carvalho (et al, 2011: 2788), "embora a fórmula tenha sido atribuída a Herschel, foi Anna Atkins quem trouxe o processo cianótipo para a fotografia, difundindo seu uso". Para obter mais informação sobre este processo, ver Carvalho *et al* (2011).

19 Parr, Badger (2004: 20).

20 Mazzilli (2020: 69).

21 Ver: Badger (2015); Di Bello, Zamir (2012); Parr, Badger (2004); Segovia (2019); Silva (2018).

22 Kittler (2016: 185).

23 Mazzilli (2020: 68-69).

24 Di Bello, Zamir (2012: 24).

25 Parr, Badger (2004: 69).

26 Fernández (2011); (1999).

27 Andrade (2015).

28 Silveira (2008).

29 Silveira (2008).

30 Pignatari (1969).

31 Derdyk (2013: 12).

32 Derdyk (2013: 12).

33 Derdyk (2013: 12).

34 Clive Phillpot foi bibliotecário da *Chelsea School of Art*, em Londres (1970), diretor da biblioteca no *MoMA*, em Nova York (1977) e consultor da Biblioteca de Artes Visuais do British Council.

35 Phillpot (2004 [2003]: 4).

36 Phillpot (2004 [2003]: 4).

37 No Brasil, a mais importante coleção de Livros de Artista, em uma biblioteca de universidade pública, encontra-se na UFMG. https://colecaolivrodeartista.wordpress.com. Em atividade desde novembro de 2009, o acervo possui mais de 1.500 livros de artista, além de obras de referência, revistas especializadas e revistas de artista.

38 Silveira (2008, p. 32).

39 Silveira (2008: 48).

40 Silveira (2008: 45).

41 Plaza (1982a).

42 Plaza concorda com Chartier, quando este afirma que o escritor não escreve livros e sim textos. Para Chartier (2002: 106), "os dispositivos próprios do *códex* transformaram profundamente os usos dos textos. A invenção da página, as localizações garantidas pela paginação e pela indexação, a nova relação estabelecida entre a obra e o objeto, que é o suporte de sua transmissão tornaram possível uma relação inédita entre leitores e livros". Segundo o teórico francês, nos anos de 1830, passa a existir também a figura do editor de livros. Trata-se de uma profissão de natureza intelectual e comercial que visa buscar textos, encontrar autores, ligá-los ao editor, controlar o processo que vai da impressão da obra até sua distribuição (Chartier, 1999, p. 50).

43 Plaza (1982a).

44 Plaza (1982a).

45 Britto (2009: 134).

46 Castleman (1994: 50).

47 Lampert (2015).

48 Shannon (2010: 55).

49 Parr; Badger (2004).

50 Boom e Prins (1989: 12).

51 Silveira (2001).

52 Shannon (2010).

53 Lampert (2015).

54 Lampert (2015).

55 Silveira (2008).

56 Silveira (2008); Drucker (1995).

57 Definição de Denise Wolff, editora sênior da *Aperture Books*, extraída do artigo "The Accidental PhotoBook", publicado em 22 de dezembro de 2016, no site Aperture.

58 Trecho extraído da entrevista realizada com Moritz Neumüller, publicada no site Belgian Platform for Photobooks, em 3 de novembro de 2017. O formato on-line da revista não possui numeração de páginas.

59 Moritz (2021).

60 *"If it walks like a duck and it talks like a duck, it's a duck"* é a definição de livro de artista apresentada por Lawrence Weiner, em 1989, em um simpósio sobre livros de artista, publicado na revista *Umbrella*, v.11, n.1, em 1990, e transcrito em (Hoffberg, 1999: 141).

61 Bouissac (2012: 154-155).

62 Algo como o resultado da intersecção de diferentes disciplinas, campos, com mais atenção às atividades locais, do que aos seus limites. Autores como Drucker (2004) e Veneroso (2012) utilizam a expressão "zona híbrida" para designar "algum lugar na interseção, na fronteira e nos limites das outras atividades artísticas" (Veneroso, 2012: 20).

63 Trecho extraído do artigo *Fotolivro ou livro de artista? Eis a questão*, de Letícia Lampert, publicado na revista on-line *Dobras Visuais*.

64 Castleman (1994).

65 Lampert (2015).

66 Ruscha apud Godfrey (1998: 97).

67 Parr, Badger (2004).

68 Trecho retirado do artigo "Ed Ruscha's Innovative Approach To Artist's Books", de Alexandra Karg, 2020, publicado na *The Collector*.

69 Panek (2005: 7).

70 Ver o dossiê especialmente dedicado a *O perfeito cozinheiro das almas deste mundo*, revista *ALEA – Estudos Neolatinos* 25(3), 2023, e organizado por Ana Fernandes & João Queiroz.

71 Silva Brito (2014).

72 Jackson (1999: 269).

73 Jackson (1999: 269).

74 Jackson (1999: 271).

75 São eles: Monteiro Lobato, Menotti del Picchia, Guilherme de Almeida, Léo Vaz, Sarti Prado, Edmundo Amaral, Ignacio da Costa Ferreira e Vicente Rao (Brito, 2014: 10).

76 Schwartz (2014: 38).

77 Jackson (1999: 268).

78 Jackson (1999: 271).

79 Para conduzir a proeza de publicar a versão fac-símile de *O perfeito cozinheiro*, "foi necessário recriar todos os elementos originais: tingir o caderno de cor creme, pautá-lo com traço cinza, acertar os vários tons de tinta em que foi redigido o diário (violeta, verde, vermelho e lápis), fazer passar o papel até oito vezes pela impressora, reproduzir todas as *collages* que foram coladas no diário: cartas de diferentes tipos, cartões-postais, recortes de jornais, figurinhas para crianças, enfim, uma parafernália editorial que significou vários anos de trabalho" (Schwartz, 2014: 38).

80 Jackson (1999: 271).

81 Brito (2014: 16).

82 Campos (2014: 18).

83 O marco cronológico é outro quando o tema é o Livro de Artista. Para Silveira (2008: 31-32), "confirmado o *status* de campo

artístico, surgem os esforços de resenha desse campo. Três grandes compêndios foram lançados, mais ou menos dez anos depois, respectivamente em 1994, 1995 e 1997, se posicionando como a `comissão de frente´ da sistematização tipológica. São obras, respectivamente, de Riva Castleman, Johanna Drucker e Anne Moeglin-Delcroix. Além desses, e outros trabalhos que eventualmente serão citados, devem ser destacados os muitos artigos de Clive Phillpot. É impossível falar de livros de artista sem consultá-los".

84 A exposição organizada por Horácio Fernández e exibida no Museu Nacional Centro de Arte Reina Sofía no ano 1999, *Fotografía Pública, Photography in Print 1919-1939*, ainda pode ser vista na internet.

85 Gronemeyer (2015).

86 Gronemeyer (2015).

87 Brodsky (et al. 2011: 7)

88 Ansón (2010: 265).

89 Schøllhammer (2002: 20).

90 Schøllhammer (2009: 31).

91 Ansón (2010: 265).

92 Figueiredo (2017: 29).

93 Figueiredo (2017: 29).

94 Ansón (2010: 265).

95 Brunet (2009: 88).

96 Ansón (2010: 266).

97 Ansón (2010: 266).

98 Sussekind (1987: 26).

99 Sussekind (1987: 26).

100 Sussekind (1987: 26).

101 Schøllhammer e Olinto (2005: 9).

102 Schøllhammer (2016: 14).

103 Schøllhammer (2002: 21).

104 Martoni (2020: 40).

105 Martoni (2020: 40).

106 Moritz (2021).

107 Moritz (2021).

108 Figueiredo (2017: 28).

109 Youngblood (1970, p. XIV).

110 Ver Jones (2020).

111 Giordano (2019: 3). Originalmente o artigo de Rosalind Krauss foi publicado na revista *October* número 8, em 1979. O texto, cujo título original é "Sculpture in the expanded field", também aparece em *The Anti-Aesthetic: Essays on Postmodern Culture,* 1984.

112 Giordano (2019: 3).

113 Azevedo (2016: 162).

114 Eco *via* Augusto de Campos (1986: 214).

115 Cage (2013).

116 Machado (2008: 67).

117 Machado (2008: 69).

118 Brizuela (2014: 31).

119 Brizuela (2014: 83).

120 Brizuela (2014: 83).

121 Brizuela (2014: 83).

122 Brizuela (2014).

123 Nott (2018: 6).

124 Nott (2018: 7).

125 Nott (2018: 2).

126 Nott (2018: 2).

127 Nott (2018: 2).

128 Nott (2018: 2).

129 Nott (2018: 2).

130 Nott (2018: 7).

131 Nott (2018: 7).

132 Nott (2018: 3).

133 Nott (2018: 3).

134 Nott (2018: 3).

135 Nott (2018: 3).

136 Nott (2018: 3).

137 Nott (2018: 3).

138 Nott (2018: 3).

139 Di Bello, Zamir (2012: 8-9).

140 Nott (2018: 2).

141 Nott (2018: 2).

142 Nott (2016: 266).

143 Nott (2018: 4).

144 Culler (1999: 75).

145 Ceia (2009).

146 Segundo Ceia (2009), em *E-dicionário de Termos Literários*, "Hans Robert Jauss, discípulo da hermenêutica de Gadamer, no seu ensaio nuclear, *A Literatura como Provocação* (1970), procurou ultrapassar os dogmas marxistas e formalistas que não privilegiam o leitor no ato interpretativo do texto literário e reforçou o conceito de horizonte de expectativas como impulsor da interpretação".

147 Jauss (1993: 66-67).

148 Culler (1999: 75).

149 Culler (1999: 75).

150 Culler (1999: 75).

151 Culler (1999: 75).

152 Bastazin (2006: 4).

153 Culler (1999: 66).

154 Culler (1999: 66).

155 Culler (1999: 66).

4

OS SERTÕES DE EUCLIDES DA CUNHA

– UMA "TECNOGRAFIA" INTERMIDIÁTICA E MULTIMODAL

Os Sertões, de Euclides da Cunha, é um projeto intermidiático. Sua "tecnografia própria", como Euclides a projeta em carta a José Veríssimo, "corporifica-se" em uma "transgressão de gêneros"[1] que requer o uso de mapas e fotografias. Como fotolivro de literatura brasileira, trata-se de nosso mais notável experimento de "literatura expandida". Há, em *Os Sertões,* ao menos dois níveis de descrição que não devem ser confundidos nas análises. Sua macroestrutura, concebida como um projeto intermidiático, intercala, ao longo de mais de 600 páginas, imagens de cartógrafos-engenheiros, e fotos de Flávio de Barros. Essa arquitetura depende da microestrutura de interação local texto-imagem, uma propriedade que chamamos de colocalização. Nosso foco concentra-se na macroestrutura da obra. Três edições foram diretamente comparadas – 1905, supervisionada por Euclides, 1933 e 2016.

OS SERTÕES INTERMIDIÁTICO

Não só o olhar do autor científico era aguçado e direcionado por esse modo de ver, como ele até parece ter escrito algumas cenas lembrando e interpretando fotos de Flávio de Barros.

Berthold Zilly (1998)

Os Sertões, "único, no seu gênero, se atender-se à que reúne a uma forma artística superior e original, uma elevação histórico-filosófica impressionante".[2] Publicado pela editora Laemmert, em dezembro de 1902,[3] a obra contém "desenhos de paisagens e mapas geológicos, botânicos e geográficos como ilustrações, além de fotografias do conflito feitas por Flávio de Barros".[4] A que gênero literário pertence *Os Sertões*? Poucos dias após sua publicação, José Veríssimo já sugeria, no *Correio da Manhã*, tratar-se de "obra de literatura, história e ciência, iniciando um padrão de interpretação sustentado por muito tempo". Sua resistência a formas ortodoxas de classificação incluem do jornalismo científico ao romance regionalista, romance-poema-epopeia,[5] ensaio crítico histórico,[6] sociológico,[7] geográfico,[8] prosa-poética versificada,[9] panfleto,[10] epopeia naturalista,[11] tragédia,[12] obra de ficção,[13] obra de arte verbal,[14] obra de arte,[15] forma híbrida,[16] entre outras. Para Bosi, "é preciso ler esse livro singular sem a obsessão de enquadrá-lo em um determinado gênero literário, o que implicaria em prejuízo paralisante. Ao contrário, a abertura a mais de uma perspectiva é o modo próprio de enfrentá-lo".[17] Segundo Ventura, sua "singularidade advém da aliança incomum entre narrativa, história e ciência".[18] Para Haroldo de Campos, ele "corporifica" uma "transgressão de gêneros" – "*epos* atravessado de crônica bélica factual e de ensaio antropocultural e mesológico".[19]

Mas a obra de Euclides não resiste apenas à categorização sobre o gênero a que pertence. Trata-se, também, de um desafio classificá-la entre os períodos estilísticos conhecidos. Para Merquior, "[a] linguagem rutilante, o culto do vocábulo raro aparentam a prosa de Euclides ao parnasianismo".[20] Coelho Neto, "príncipe dos prosadores parnasianos", teria comemorado calorosamente as "ornamentações" de Euclides. Mas esta similitude é apenas superficial - "[a] frase contundente, angulosa, convulsa de Euclides, singularizada pela elasticidade da sintaxe assindética (quase sem conectivos), dos crescendos dramáticos e dos ritmos espasmódicos, supera de longe o decorativismo mecânico do parnasianismo".[21] Sua posição parece mais próxima do fenômeno barroco, razão provável, segundo Haroldo de Campos, de uma certa avaliação, "no juízo conjugado de Antonio Candido e Aderaldo Castelo", que vê "propensão para o mau gosto e desequilíbrio, sendo às vezes obscuro por excesso vocabular".[22] Trata-se, para Bosi, de um "barroco científico", "se em 'barroco' visualizamos, antes de mais nada, um conflito interior que se quer resolver pela aparência, pelo jogo de antíteses, pelo martelar dos sinônimos ou pelo paroxismo do clímax".[23] Os conflitos, embates e tensões observados por Bosi repercutem em muitos níveis - "*Os Sertões* são um livro de ciência e de paixão, de análise e de protesto"[24] -, criando o que Merquior chama de "alta voltagem" - "é que a prosa euclidiana é um caso de 'escrita artística' de alta voltagem, um idioma impressionista carregado de explosividade, porque embebido num *pathos* apocalíptico".[25]

As metáforas usadas para descrição dos efeitos obtidos pela prosa de "alta voltagem" de Euclides são, com frequência, intermidiáticas e multimodais. Ela é comparada à escultura, à pintura, ao teatro, ao cinema, e, mais raramente, à fotografia ("mágica fotometria").[26] Para Bosi, "o flagelo das secas propicia ao escritor os momentos ideais para pintar com palavras de areia, pedra e fogo o sentimento do inexorável".[27] Há quem as combine. Segundo Merquior, "[a] solenidade de Euclides é monumentalidade dramática; Euclides é de fato 'escultural' - mas escultural à Rodin".[28] Um cenário barroco, e expressionista, entre a "imobilidade tensa" e a "intensa movimentação", são salientados por Zilly, tradutor de *Os Sertões* para o alemão - "em Euclides [...] o movimento é flagrado em quadro imóvel, mas de uma imobilidade tensa, dinâmica, prestes a desatar-se, quase explosiva, como, por exemplo, na descrição dos quadros da natureza morta".[29] Estão combinados, para Zilly, "cenas de intensa movimentação", "flagrantes, chapas batidas em peripécias, de modo que a arte dramática se torna pictórica e a arte plástica, dramática". Segundo Merquior,[30] encontramos técnicas protocinematográficas — "Repare-se na expressiva posição do sujeito da última frase (o vaqueiro), que a 'câmera' de Euclides só focaliza em close depois de um traveling arrebatador":

> Destroem-se em minutos, feito montes de leivas, antigas roças penosamente cultivadas; extinguem-se, em lameiros revolvidos, as ipueiras rasas; abatem-se, apisoados, os pousos; ou esvasiam-se, deixando-os os habitantes espavoridos, fugindo para os lados, evitando o rumo rectilineo em que se despenha a "arribada", — milhares de corpos que são um corpo único, monstruoso, informe e indescriptivel de animal phantastico, precipitado na carreira douda.
>
> E sobre este tumulto, arrodeando-o, ou arremessando-se impetuoso na esteira de destroços, que deixa após si aquela avalancha viva, largado numa disparada estupenda sobre barrancas, e valos, e cerros, e galhadas - enristado o ferrão, rédeas soltas, soltos os estribos, estirado sobre o lombilho, preso às crinas do cavalo - o vaqueiro![31]

A obra de Euclides é um projeto intermidiático e um fotolivro de literatura. Muitas implicações resultam dessa proposição. Associado a aparatos tecnocientíficos recém-inaugurados (audácia que tende a ser subestimada, ou simplesmente ignorada, pela historiografia e crítica literárias), trata-se de uma experiência intermidiática de literatura expandida (ver capítulo 3).

Zilly, ao discutir as tensões criadas por Euclides, sugere que o autor "faz empréstimos de outras artes, principalmente à pintura e ao teatro", criando "uma espécie de *Gesamtkunstwerk*, uma obra de arte totalizadora, intermedial, intersemiótica, embora construída com palavras escritas apenas, dentro da literatura cientifizada ou ciência literaturizada".[32] Algo aqui chama nossa atenção, que está no próprio núcleo de nosso argumento – Zilly ignora as fotografias de Flávio de Barros como componentes estruturais, e sugere que trata-se de uma obra intersemiótica "embora construída com palavras apenas", o que é certamente um equívoco. A obra, além de fotos, possui um desenho, e mapas multiautorais.

Não nos parece surpreendente que a importância dedicada por Euclides aos mapas tenha sido enfatizada justamente por um geógrafo, Aroldo Azevedo – "[n]em mesmo a cartografia foi colocada em plano secundário por Euclides da Cunha, quando muito bem poderia tê-la deixado no esquecimento, sem que os contemporâneos sentissem pela ausência".[33] Iniciamos a leitura da obra através de um mapa ("Esboço Geológico"). Isso não é fortuito. Euclides teria adotado "o ponto de vista do viajante em movimento, que dá expressão artística ou científica à paisagem",[34] em diálogo "com a tradição dos relatos de viagem e das expedições científicas".[35] Segundo Santana,

> [ao] optar pelo mapa como elemento de recepção ao leitor, Euclides da Cunha nos dá a conhecer aqueles que serão seus interlocutores ao longo do livro: os viajantes naturalistas e cientistas, apresentados como autores do mapa. O que vamos encontrar em seguida é um imenso diálogo a muitas vozes, mediado pelo narrador. A apresentação destes viajantes naturalistas e cientistas, e mais outros que aparecerão

> ao longo do texto; outros três mapas, com ou sem atribuição de autoria; um desenho de trecho das caatingas e três fotografias, encontram-se distribuídos em *Os Sertões*.[36]

As edições supervisionadas por Euclides (1902, 1903, 1905) possuem três fotografias de Flávio de Barros, um desenho de paisagem ("Um trecho das caatingas") de Van-Ingen Snyder (1857) (figura 4.3) e quatro mapas de diversos autores. Além de intermidiático, Santana[37] sugere que se trata de uma obra multiautoral – "o prof. José Calasans anotou que 'não estaria longe da verdade quem disser que *Os Sertões* são um livro de equipe. Uma obra de muitos colaboradores'. No que diz respeito ao conteúdo geológico, acredito que a afirmativa encontra terreno fértil". Na preparação da série de artigos *A nossa Vendéia* para o jornal *O Estado de São Paulo*, que antecede e antecipa a elaboração d'*Os Sertões*,[38] Euclides teria se encontrado, em diversas ocasiões, com Teodoro Sampaio, que teria feito ajustes e correções importantes "em questões de geografia e geologia".[39] Tais encontros têm uma relevância especial aqui, e deles resulta uma familiarização com o mapa geográfico de abertura da obra.

> [O] engenheiro Teodoro Sampaio, que ajudou a organizar a Escola Politécnica de São Paulo, forneceu a Euclides trabalhos e mapas sobre a região do Vaza-Barris, então desconhecida. É mencionado em *Os Sertões* como autor da carta geológica da Bahia, reproduzida no livro. Teodoro tinha viajado pela Bahia em 1878 como membro da Comissão Milners Roberts, junto com Orville Derby, tendo publicado o diário desta viagem em "O rio São Francisco e a Chapada Diamantina". Foi um dos interlocutores de Euclides durante a escrita de *Os Sertões*, que o visitara aos domingos, quando ainda residia em São Paulo, para ler os capítulos sobre geologia e topografia, com referências aos trabalhos de Harty e Derby.[40]

A importância de Teodoro Sampaio também é enfatizada por Aroldo Azevedo.

> A influência de Teodoro Sampaio a respeito do que existe de geográfico em *Os Sertões* parece ter sido realmente notável. Forneceu-lhe mapas inéditos do nordeste da Bahia, transmitiu-lhe numerosos apontamentos de caráter histórico, deu-lhe tudo quanto pudera recolher em sua famosa viagem à Chapada Diamantina e ao vale do São Francisco, como um dos componentes da missão chefiada por Milnor Roberts. Fez mais: teve a felicidade de ouvir, em primeira mão, dos próprios lábios do escritor, a leitura dos originais, em tertúlias domingueiras, numa atmosfera certamente repleta de cultura, nas quais fez a crítica e discutiu muitos trechos do livro. Não se trata, aqui, de suposições; o próprio Teodoro Sampaio relatou tudo isso, em trabalho publicado na *Revista do Instituto Geográfico e Histórico da Bahia* (n° 45: 1919).[41]

FOTOGRAFIAS, MAPAS, E DESENHO – SUAS POSIÇÕES E COLOCALIZAÇÕES

Comparamos as três primeiras edições supervisionadas por Euclides, além da décima segunda edição, de 1933,[42] e a edição crítica de Walnice Galvão, de 2016. Indicamos as páginas nas quais aparecem os mapas, as fotos e o desenho de Van-Ingen Snyder. As tabelas 4.1 e 4.2 permitem comparar diferenças importantes entre as edições, e o cuidadoso trabalho de construção de um projeto que preserva as posições das imagens na obra. Trata-se de um projeto minucioso, executado com o propósito de preservar as relações texto-imagem.[43] Euclides explora relações intermidiáticas locais, e a mais notável evidência é a manutenção das posições relativas, na macroestrutura do livro. Chamamos essa propriedade de "colocalização". É mais crucial a posição relativa (posição de X em relação a Y) de imagem e texto, do que suas posições "absolutas", em termos de paginação. Evidentemente, a possibilidade de alterar a paginação pode representar uma alteração das relações de colocalização texto-imagens.

Walnice Galvão está atenta às diferenças de paginação[44] – "Há diferenças na numeração das páginas que encartam as ilustrações, entre a 1ª edição, de um lado, e a 2ª e 3ª, de outro. Essas diferenças [...] mantêm inicialmente a mesma numeração para a 2ª e 3ª, mas distanciando-as da 1ª a partir das três primeiras ilustrações"[45] – e à motivação que orienta o posicionamento das imagens – "O motivo exclusivo disso é o maior número de páginas da 1ª edição. Na 2ª e 3ª, as ilustrações tiveram numeração cuidadosamente deslocada, de modo a que ficassem exatamente nos mesmos trechos do texto".[46] Embora atenta à colocalização texto-imagem na edição crítica de 2016, os textos que antecedem e que sucedem as imagens (mapas, desenho, fotos) não correspondem àqueles observados nas três primeiras edições, supervisionadas por Euclides. Há deslocamento das imagens, alterando as relações de colocalização. Além disso, todas as imagens dessa edição[47] foram impressas nas páginas, um formato distinto das muitas edições consultadas, em que as imagens funcionavam como encartes, situadas entre as páginas.

Galvão,[48] ao analisar o posicionamento das imagens nas primeiras edições, usa o termo "encarte" para se referir ao tipo de impressão utilizada (páginas não numeradas e posicionadas entre as páginas com texto d'*Os Sertões*) contendo os mapas, o desenho e as fotografias. Ela utiliza os termos "encarte com mapa", "encarte com desenho", "encarte com fotografia" e "encarte fôlder com mapa", para designar aqueles em que as páginas se abrem em dípticos. Usaremos essa nomenclatura.

DESENHOS E MAPAS	3º EDIÇÃO 1905	12º EDIÇÃO 1933	EDIÇÃO 2016
Mapa: Esboço Geológico	entre p. 2-3	entre p. 2-3	p. 16
Mapa: Esboço Geográfico do sertão de Canudos	entre p. 22-23	entre p. 22-23	entre p. 40-41
Desenho: Um trecho das caatingas	entre p. 42-43	entre p. 42-43	p. 55
Mapa: Distribuição da flora sertaneja	entre p. 72-73	entre p. 72-73	p. 74
Mapa: Canudos e suas cercanias	entre p. 186-87	entre p. 184-85	entre p. 200 -201

Tabela 4.1: Mapas e desenho d'*Os Sertões*, das edições de 1905, 1933 e 2016, conforme Walnice Galvão (2016: 15-16-18-20).

FOTOGRAFIAS (BARROS) LEGENDAS (BARROS E EUCLIDES)	3º EDIÇÃO 1905	12º EDIÇÃO 1933	EDIÇÃO 2016
Divisão Canet Monte-Santo: Base de operações	entre p. 526-27	entre p. 528-29	p. 475
7º Batalhão de Infantaria nas trincheiras: Acampamento dentro de Canudos	entre p. 542-43	entre p. 544-45	p. 489
400 jagunços prisioneiros; As prisioneiras	entre p. 604-05	entre p. 604-05	p. 545

Tabela 4.2: As três fotografias d'*Os Sertões*, edições 1905, 1933 e 2016, conforme Walnice Galvão (2016: 15-16-18-20).

As tabelas exibem, como mencionamos, a posição das imagens. Nas próximas seções, introduzimos cada uma delas, individualmente, a importância de cada uma no projeto euclidiano e a propriedade mais relevante de colocalização texto-imagem, em cada caso.

A TERRA E O HOMEM – SOBRE OS MAPAS E O DESENHO

Três imagens (dois mapas e um desenho) das oito encontradas nas primeiras edições do livro aparecem na primeira parte, "A Terra". A primeira imagem é o mapa "Esboço Geológico" (figura 4.1), que abre o livro.

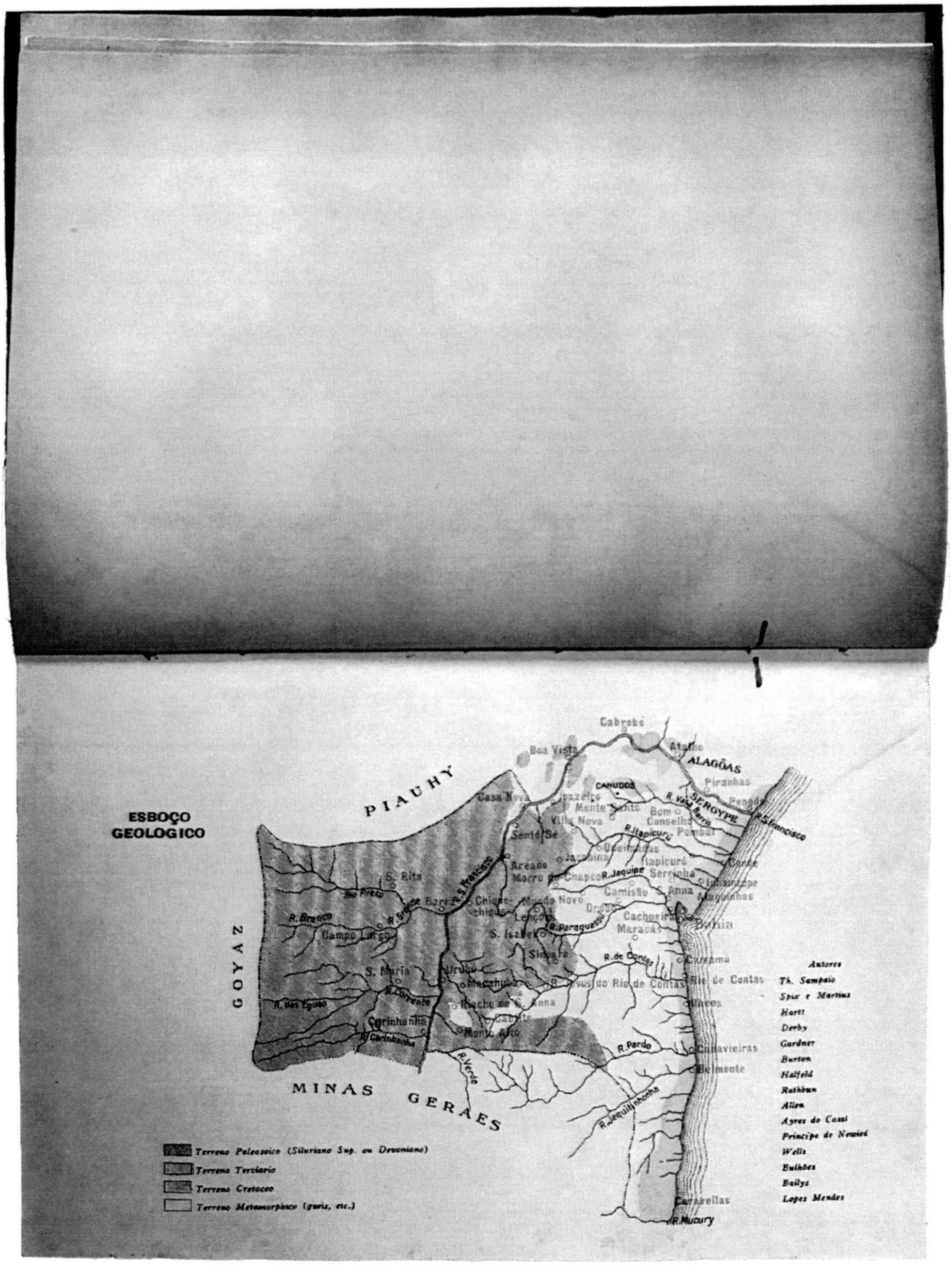

Figura 4.1: "Esboço Geológico" (encarte com mapa, edição de 1933).

Esse encarte com mapa (figura 4.1) situa-se entre as páginas 2 e 3, na terceira (1905) e décima segunda (1933) edições. Na edição crítica de 2016, o mapa está impresso na página 16. Sobre esse encarte, Santana afirma: "Antecedendo o texto encontra-se um encarte contendo um mapa do estado da Bahia, intitulado 'Esboço Geológico', com autoria atribuída a autores diversos, correspondendo a uma síntese feita por Euclides da Cunha a partir de informações daqueles".[49] Resultado da compilação de diversos mapas, de muitos geógrafos, ele é um mapa multiautoral - "É o Esboço Geológico, estribado em nada menos de 15 autores, que Euclides menciona com absoluta honestidade".[50] Santana nos informa, em nota de rodapé, sobre seus autores:

> Os nomes do príncipe de Neuwied, Spix e Martius, Ayres de Casal, Gardner e Burton podem ser relacionados com a fase de implantação das ciências no Brasil que Dantes (1988: 265-75) considera marcada pelo iluminismo e pela tradição naturalista, que teria prevalecido até meados do século XIX. Halfeld, Hartt, Allen, Bulhões, Rathbun, Derby, Wells e Teodoro Sampaio, por sua vez, estariam relacionados à fase de introdução das ciências experimentais, que teria atravessado a segunda metade do século XIX e se estenderia até por volta da década de 1920.[51]

Sobre o texto que antecede e sucede o primeiro mapa, sua colocalização é a mesma em todas as edições consultadas, logo após a abertura de "A Terra":[52]

> O planalto central do Brasil desce, nos litorais do Sul, em escarpas inteiriças, altas e abruptas. Assoberba os mares; e desata-se em chapadões nivelados pelos visos das cordilheiras marítimas, distendidas do Rio Grande à Minas. Mas ao derivar para as terras septentrionaes diminue gradualmente de altitude, ao mesmo tempo que descamba para a costa oriental em andares ou repetidos socalcos, que o despem

> da primitiva grandeza afastando-o consideravelmente para o interior.[53]

A segunda imagem, "Esboço Geográfico do Sertão de Canudos" (figura 4.2), situa-se entre as páginas 22 e 23, na terceira e décima segunda edições, e nas páginas 40 e 41 na edição crítica de Galvão.[54] O mapa detalha o complexo hidrográfico e relevo da região - "É o Esboço Geográfico do Sertão de Canudos, com a rede hidrográfica e os aspectos essenciais do relevo, representados em hachuras".[55]

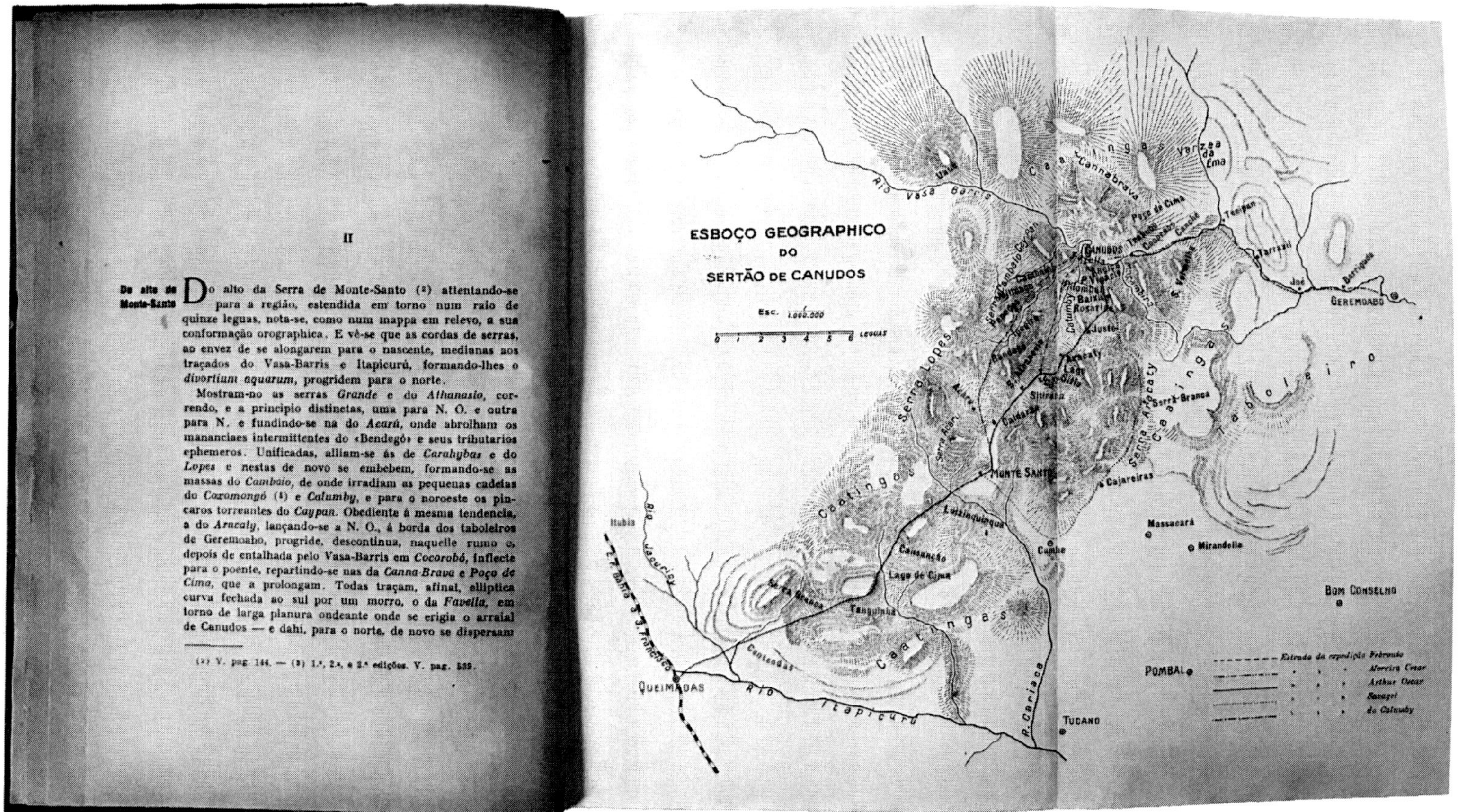

II

De alto de Monte-Santo

Do alto da Serra de Monte-Santo (²) attentando-se para a região, estendida em torno num raio de quinze leguas, nota-se, como num mappa em relevo, a sua conformação orographica. E vê-se que as cordas de serras, ao envez de se alongarem para o nascente, medianas aos traçados do Vasa-Barris e Itapicurú, formando-lhes o *divortium aquarum*, progridem para o norte.

Mostram-no as serras *Grande* e do *Athanasio*, correndo, e a principio distinctas, uma para N. O. e outra para N. e fundindo-se na do *Acarú*, onde abrolham os mananciaes intermittentes do «Bendegó» e seus tributarios ephemeros. Unificadas, alliam-se ás de *Carahybas* e do *Lopes* e nestas de novo se embebem, formando-se as massas do *Cambaio*, de onde irradiam as pequenas cadeias do *Coxomongó* (¹) e *Calumby*, e para o noroeste os pincaros torreantes do *Caypan*. Obediente á mesma tendencia, a do *Aracaty*, lançando-se a N. O., á borda dos taboleiros de Geremoabo, progride, descontinua, naquelle rumo e, depois de entalhada pelo Vasa-Barris em *Cocorobó*, inflecte para o poente, repartindo-se nas da *Canna-Brava* e *Poço de Cima*, que a prolongam. Todas traçam, afinal, elliptica curva fechada ao sul por um morro, o da *Favella*, em torno de larga planura ondeante onde se erigia o arraial de Canudos — e dahi, para o norte, de novo se dispersam

(²) V. pag. 144. — (³) 1.ª, 2.ª, e 3.ª edições. V. pag. 539.

Figura 4.2: "Esboço Geográfico do sertão de Canudos" (encarte fôlder com mapa, edição de 1933).

Nas edições de 1905 e 1933, a imagem é um encarte fôlder com mapa (figura 4.2), abrindo em um díptico, extrapolando os limites do livro. Na edição crítica de Galvão,[56] o mapa está impresso ocupando páginas par e ímpar. Na terceira e décima segunda edições, o encarte fôlder com mapa é posicionado logo após o início da subparte II. Em colocalização, no início da subparte II (Do alto de Monte-Santo), lemos:

> Do alto da Serra de Monte Santo attentando-se para a região, dilatada em torno num raio de quinze leguas, nota-se, como num mappa em relevo, a sua conformação orographica. E vê-se que as cordas de serras ao envez de se alongarem para o nascente, medianas aos traçados do Vasa-Barris e Itapicuru, cujo *divortium aquarum* formam, progridem para o norte.[57]

Na edição de 2016, o mapa é impresso no meio da subparte III. Ela não preserva, portanto, a colocalização texto-imagem estabelecida nas edições de 1905 e 1933.

O encarte com desenho, "Um trecho das caatingas" (figura 4.3), é uma xilogravura de Van-Ingen Snyder. Ela aparece entre as páginas 42 e 43 na terceira e décima segunda edições, e na página 55 na edição crítica de Galvão.[58] Ele foi publicado, originalmente, no livro *Brazil and the Brazilians portrayed in historical and descriptive sketches*, de Kidder e Fletcher, em 1857, onde aparece com a legenda "View in the province of Piauhy". O livro ganhou novas edições, a segunda ainda em 1857; as demais em 1866 e em 1879. Segundo o pesquisador Felipe Rissato (com. pessoal),

> a obra não aparece na listagem da biblioteca de Euclides da Cunha, então não é possível saber que edição ele [Euclides] pode ter consultado, caso a escolha da imagem tenha sido dele ou mesmo de seus editores. Se foi ele, pode ter sido um

exemplar emprestado, ou, caso pertencesse à sua biblioteca, pode ter sido extraviado entre a sua morte e o inventário, algo que ocorreu infelizmente com vários volumes.

A obra foi digitalizada pela Biblioteca Pública de Boston e está disponível para consulta. Sobre a colocalização desenho-texto, ela é preservada nas edições consultadas, diferindo apenas na edição de 2016.

> A dureza dos elementos cresce, entretanto, em certas quadras, ao ponto de os desnudar: é que se enterroaram há muito os fundos das cacimbas, e os leitos endurecidos das ipueiras mostram, feito enormes carimbos, em moldes, os rastros velhos das boiadas; e o sertão de todo se impropriou à vida. Então, sobre a natureza morta, apenas se alteiam os cereus esguios e silentes, aprumando os caules circulares repartidos em columnas polyedricas e uniformes, na symetria impeccavel de enormes candelabros. E avultando, ao descer das tardes breves, sobre aquelles ermos, quando os abotoam grandes fructos vermelhos destacando-se, nítidos, à meia luz dos crepúsculos, dão a illusão emocionante de cirios enormes, fincados a esmo no solo, espalhados pelas chapadas, e accesos.[59]

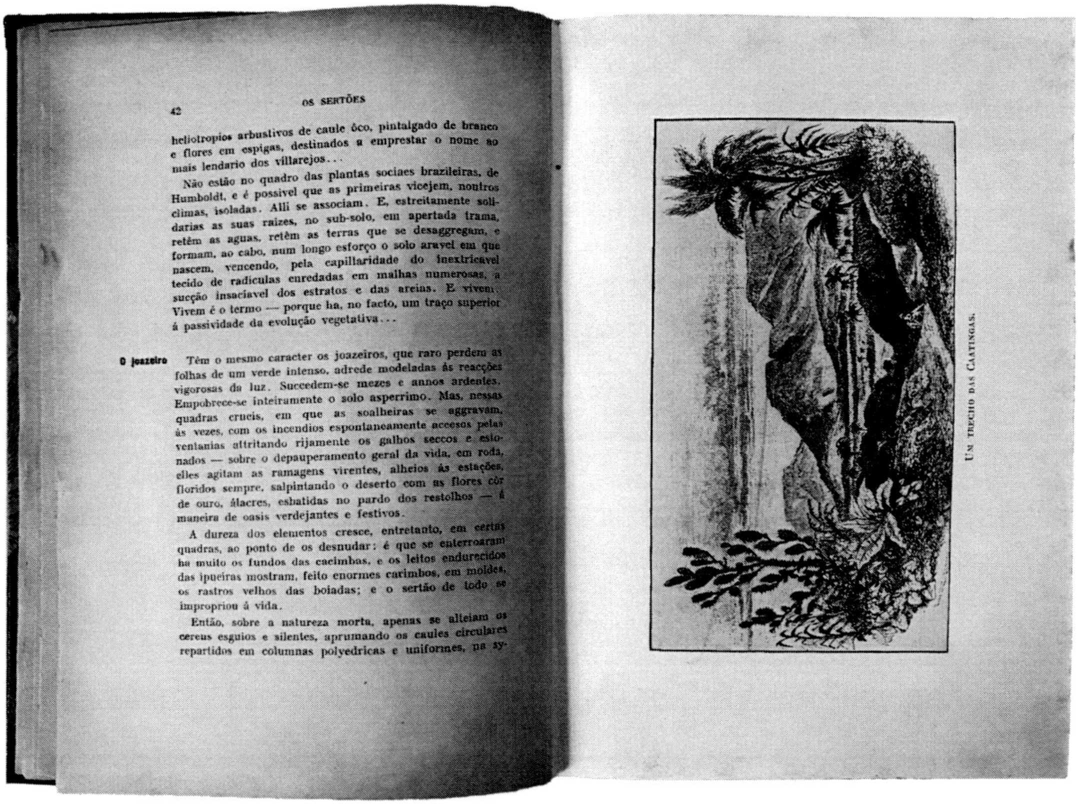
42 OS SERTÕES

heliotropios arbustivos de caule óco, pintalgado de branco
e flores em espigas, destinados a emprestar o nome ao
mais lendario dos villarejos...

Não estão no quadro das plantas sociaes brazileiras, de
Humboldt, e é possivel que as primeiras vicejem, noutros
climas, isoladas. Alli se associam. E, estreitamente soli-
darias as suas raizes, no sub-solo, em apertada trama,
retêm as aguas, retêm as terras que se desaggregam, e
formam, ao cabo, num longo esforço o solo aravel em que
nascem, vencendo, pela capillaridade do inextricavel
tecido de radiculas enredadas em malhas numerosas, a
sucção insaciavel dos estratos e das areias. E vivem.
Vivem é o termo — porque ha, no facto, um traço superior
á passividade da evolução vegetativa...

O joazeiro

Têm o mesmo caracter os joazeiros, que raro perdem as
folhas de um verde intenso, adrede modeladas ás reacções
vigorosas da luz. Succedem-se mezes e annos ardentes.
Empobrece-se inteiramente o solo asperrimo. Mas, nessas
quadras crueis, em que as soalheiras se aggravam,
ás vezes, com os incendios espontaneamente accesos pelas
ventanias attritando rijamente os galhos seccos e esto-
nados — sobre o depauperamento geral da vida, em roda,
elles agitam as ramagens virentes, alheios ás estações,
floridos sempre, salpintando o deserto com as flores côr
de ouro, álacres, esbatidas no pardo dos restolhos — á
maneira de oasis verdejantes e festivos.

A dureza dos elementos cresce, entretanto, em certas
quadras, ao ponto de os desnudar: é que se enterroaram
ha muito os fundos das cacimbas, e os leitos endurecidos
das ipueiras mostram, feito enormes carimbos, em moldes,
os rastros velhos das boiadas; e o sertão de todo se
impropriou á vida.

Então, sobre a natureza morta, apenas se alteiam os
cereus esguios e silentes, aprumando os caules circulares
repartidos em columnas polyedricas e uniformes, na sy-

Um trecho das Caatingas.

Figura 4.3: "Um trecho das caatingas"
(encarte com desenho, edição de 1933).

Na segunda parte, "O Homem", há dois mapas. O primeiro, "Distribuição da Flora Sertaneja" (figura 4.4), é um encarte com mapa que aparece entre as páginas 72 e 73, na terceira e décima segunda edições, e na página 74 da edição crítica de 2016 – "é a Distribuição da Flora Sertaneja, com a representação das grandes paisagens botânicas do Estado da Bahia e, o que não é desprezível, o traçado dos velhos caminhos do nordeste baiano".[60] É preservada a colocalização texto-imagem nas edições comparadas (1905, 1933):

> Revela-o curta viagem para o occidente, a partir de um ponto qualquer daquella costa. Quebra-se o encanto de illusão bellissima. A natureza empobrece-se; despe-se das grandes mattas; abdica o fastigio das montanhas; erma-se e deprime-se – transmudando-se nos sertões exsiccados e bárbaros, mal recortados de rios ephemeros, e desatados em chapadas nuas, succedendo-se, indefinidas, formando o palco desmedido em que se desenrolam os quadros dolorosos das seccas.
>
> O contraste é empolgante.
>
> Distantes menos de cincoenta léguas, se apresentam regiões de todo oppostas, creando oppostas condições à vida. Entra-se, de surpresa, no deserto.
> E, certo, as vagas humanas que nos dous primeiros séculos do povoamento embateram as plagas do norte, tiveram na translação para o occidente, demandando o interior, obstáculos mais sérios que a rota agitada dos mares e das montanhas, na travessia das caatingas ralas e deciduas. O mallogro da expansão bahiana, que entretanto precedera à paulista no devassar os recessos do paiz, é exemplo frizante.[61]

Na edição de Galvão,[62] o mapa abre a segunda parte, "O Homem", antecedendo o início do texto.

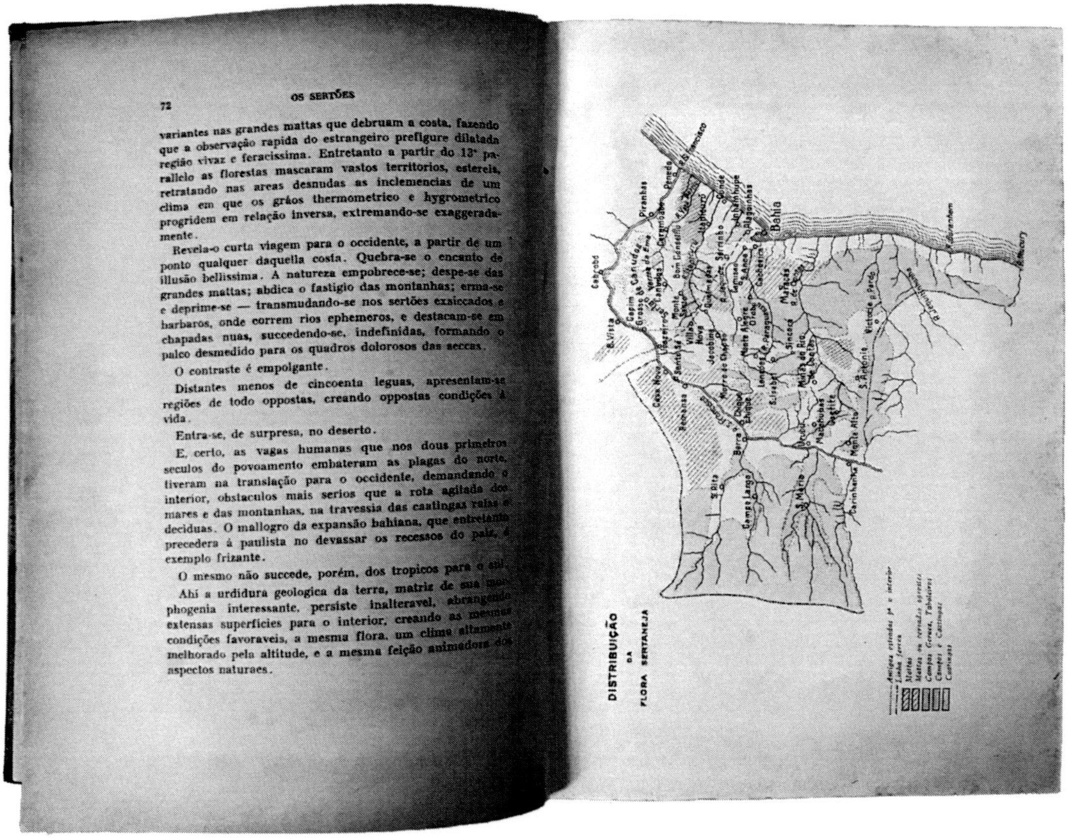

72 OS SERTÕES

variantes nas grandes mattas que debruam a costa, fazendo que a observação rapida do estrangeiro prefigure dilatada região vivaz e feracissima. Entretanto a partir do 13° parallelo as florestas mascaram vastos territorios, estereis, retratando nas areas desnudas as inclemencias de um clima em que os gráos thermometrico e hygrometrico progridem em relação inversa, extremando-se exaggeradamente.

Revela-o curta viagem para o occidente, a partir de um ponto qualquer daquella costa. Quebra-se o encanto de illusão bellissima. A natureza empobrece-se; despe-se das grandes mattas; abdica o fastigio das montanhas; erma-se e deprime-se — transmudando-se nos sertões exsiccados e barbaros, onde correm rios ephemeros, e destacam-se em chapadas nuas, succedendo-se, indefinidas, formando o palco desmedido para os quadros dolorosos das seccas.

O contraste é empolgante.

Distantes menos de cincoenta leguas, apresentam-se regiões de todo oppostas, creando oppostas condições á vida.

Entra-se, de surpresa, no deserto.

E, certo, as vagas humanas que nos dous primeiros seculos do povoamento embateram as plagas do norte, tiveram na translação para o occidente, demandando o interior, obstaculos mais serios que a rota agitada dos mares e das montanhas, na travessia das caatingas ralas e deciduas. O mallogro da expansão bahiana, que entretanto precedera á paulista no devassar os recessos do paiz, é exemplo frizante.

O mesmo não succede, porém, dos tropicos para o sul.

Ahi a urdidura geologica da terra, matriz de sua morphogenia interessante, persiste inalteravel, abrangendo extensas superficies para o interior, creando as mesmas condições favoraveis, a mesma flora, um clima altamente melhorado pela altitude, e a mesma feição animadora dos aspectos naturaes.

Figura 4.4: "Distribuição da flora sertaneja"
(encarte com mapa, edição de 1933).

"Canudos e suas cercanias" (figura 4.5) é um encarte fôlder com mapa – "É o próprio mapa de Canudos e suas cercanias, repleto de pormenores".[63] Sua autoria é atribuída, por Euclides, à Comissão de Engenharia da Quarta Expedição – "De acordo com a planta levantada pela Comissão de engenharia junto à última expedição".[64] Quanto à paginação, ela oscila nas diversas edições: na terceira edição (1905), entre as páginas 186 e 187; na décima segunda (1933), entre as páginas 184 e 185. Por fim, na edição crítica,[65] o mapa é impresso ocupando duas páginas, 200 e 201.

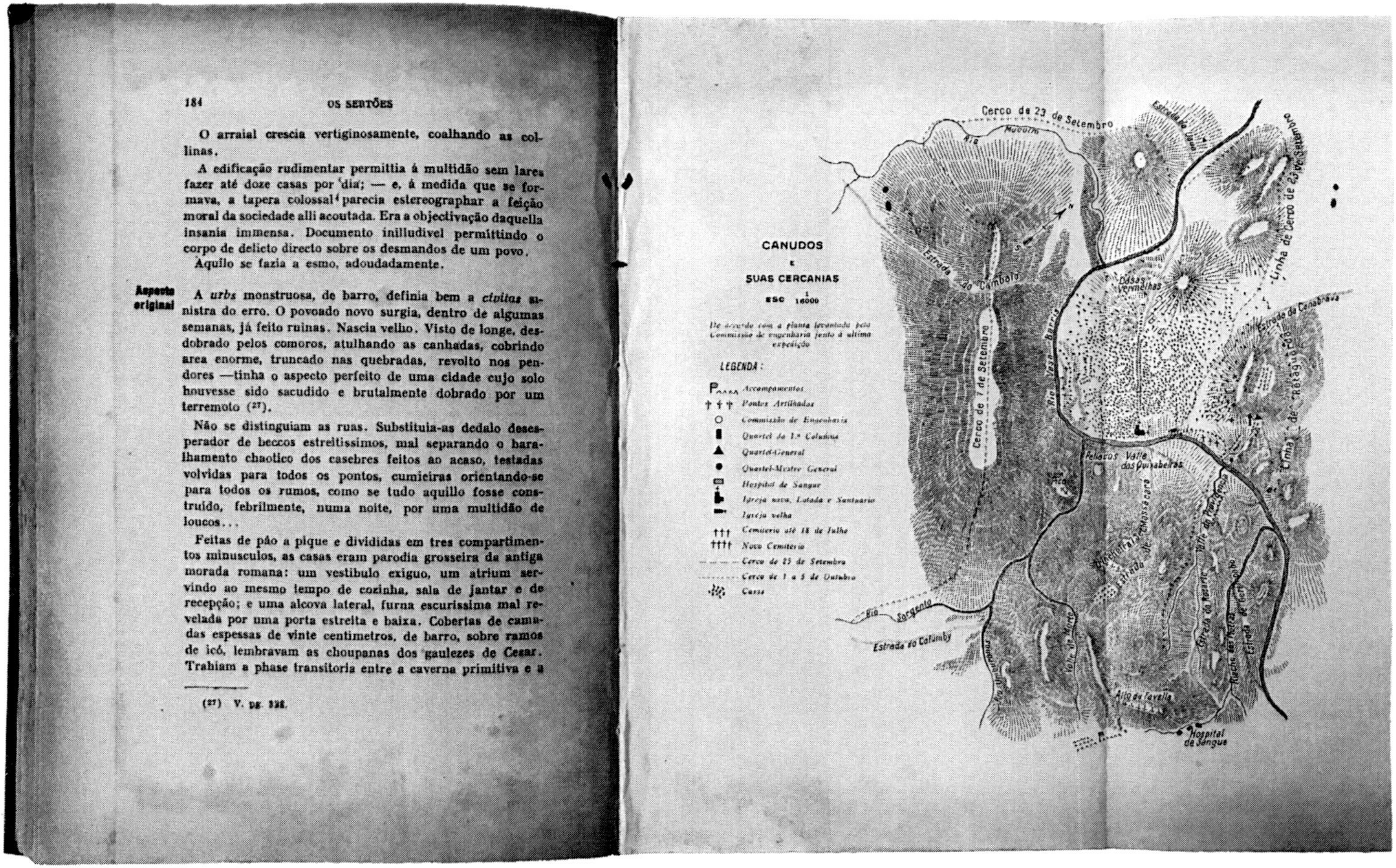

184 OS SERTÕES

O arraial crescia vertiginosamente, coalhando as collinas.

A edificação rudimentar permittia á multidão sem lares fazer até doze casas por dia; — e, á medida que se formava, a tapera colossal parecia estereographar a feição moral da sociedade alli acoutada. Era a objectivação daquella insania immensa. Documento inilludivel permittindo o corpo de delicto directo sobre os desmandos de um povo.

Aquillo se fazia a esmo, adoudadamente.

Aspecto original

A *urbs* monstruosa, de barro, definia bem a *civitas* sinistra do erro. O povoado novo surgia, dentro de algumas semanas, já feito ruinas. Nascia velho. Visto de longe, desdobrado pelos comoros, atulhando as canhadas, cobrindo area enorme, truncado nas quebradas, revolto nos pendores —tinha o aspecto perfeito de uma cidade cujo solo houvesse sido sacudido e brutalmente dobrado por um terremoto (27).

Não se distinguiam as ruas. Substituia-as dedalo desesperador de beccos estreitissimos, mal separando o baralhamento chaotico dos casebres feitos ao acaso, testadas volvidas para todos os pontos, cumieiras orientando-se para todos os rumos, como se tudo aquillo fosse construido, febrilmente, numa noite, por uma multidão de loucos...

Feitas de páo a pique e divididas em tres compartimentos minusculos, as casas eram parodia grosseira da antiga morada romana: um vestibulo exiguo, um atrium servindo ao mesmo tempo de cozinha, sala de jantar e de recepção; e uma alcova lateral, furna escurissima mal revelada por uma porta estreita e baixa. Cobertas de camadas espessas de vinte centimetros, de barro, sobre ramos de icó, lembravam as choupanas dos gaulezes de Cesar. Trahiam a phase transitoria entre a caverna primitiva e a

(27) V. pg. 328.

Figura 4.5: “Canudos e suas cercanias”
(encarte fôlder com mapa, edição de 1933).

Sobre sua colocalização, há variações importantes entre as edições comparadas. Na edição de 1905, lemos:

> A um lado, perto e dominante, um contraforte, o morro dos Pellados, termina de chofre em barranca aprumada sobre o rio e este, dalli por deante progredindo numa inflexão forte para montante, abarca o povoado em leito excavado e fundo, como um fosso. Alli vão ter quebradas de bordas a pique, abertas pelas erosões intensas por onde, no inverno, rolam acachoando affluentes ephemeros tendo os nomes falsos de rios: o Mucuim, o Umburanas, e outro, que successos ulteriores denominariam da "Providencia".[66]

Na edição de 1933, o mapa (figura 4.5) foi deslocado em duas páginas, antecipando sua leitura, posicionando-o depois de Canudos "visto de longe":

> A urbs monstruosa, de barro, definia bem a civitas sinistra do erro. O povoado novo surgia, dentro de algumas semanas, já feito ruinas. Nascia velho. Visto de longe, desdobrado pelos comoros, atulhando as canhadas, cobrindo área enorme, truncado nas quebradas, revolto nos pendores – tinha o aspecto perfeito de uma cidade cujo solo houvesse sido sacudido e brutalmente dobrado por um terremoto.
>
> Não se distinguiam as ruas. Substituia-as dedalo desesperador de beccos estreitíssimos, mal separando o baralhamento cahotico dos casebres feitos ao acaso, testadas volvidas para todos os pontos, cumieiras orientadas para todos os rumos, como se tudo aquillo fosse construído, febrilmente, numa noite, por uma multidão de loucos... [67]

A LUTA – FOTOGRAFIAS DE FLÁVIO DE BARROS

A fotografia como artefato narrativo e documental foi popularizada nos anos 1880s e 1890s. Segundo Silva-Fath, "só nas últimas duas décadas do século XIX, que a fotografia ganha inovações determinantes para sua existência como suporte para difusão e democratização da imagem no mundo ocidental".[68] Muitos dos avanços mais importantes, permitindo seu uso em expedições de campo, incluíram o advento de câmeras de pequeno porte, lentes mais leves e emulsões mais sensíveis, aliviando o fotógrafo do peso do equipamento - foi "a descoberta do filme de rolo de celuloide, pela Kodak, em 1889, que viabilizou a redução do tamanho e o peso dos equipamentos fotográficos".[69] Como um artefato móvel, de fácil manipulação em expedições, mais barato que seus pesados antecessores, a "máquina fotográfica" é capaz de transformar, de forma inédita, fatos e eventos em registro estável e duradouro. Ao mesmo tempo, seus resultados podem se associar a outros sistemas e processos semióticos, por exemplo, impressos, através de novas técnicas litográficas, como no "jornalismo ilustrado".[70]

Como tecnologia documental, a fotografia torna-se, no final do século XIX, imprescindível no relato jornalístico[71] e de guerra.[72] Entre as guerras documentadas fotograficamente, no século XIX, estão a guerra da Crimeia (1853-1854),[73] a guerra civil norte-americana (1861-1865) e a guerra do Paraguai (1864-1870) - "até a Guerra do Paraguai, nunca se tinha visto imagens de tropas do Brasil combatendo, muito menos no exterior"[74] -, além da Revolta da Armada (1893), no Rio de Janeiro.[75]

É difícil ter uma ideia precisa, hoje, do impacto produzido pela popularização da fotografia no fim do século XIX como tecnologia (social, cognitiva, semiótica) de suporte à documentação histórica. Para Almeida,

> a fotografia, ao mesmo tempo que era um dos emblemas da modernidade, uma das descobertas que afirmavam o progresso das ciências, também foi fetichizada enquanto olho da história, condicionante fundamental para compreendermos seu uso social no período, especialmente sua utilização visando o registro de eventos sociais variados ao longo da segunda metade do século XIX. Apelar para o realismo fotográfico foi, por exemplo, uma das soluções apontadas por Machado de Assis diante do que considerava uma perseguição contra Antônio Conselheiro e sua gente, fundada em notícias ainda pouco confiáveis.[76]

Na coluna "A Semana", Machado de Assis duvidava das ameaças de Canudos, e protestava contra uma "perseguição ao grupo de Antônio Conselheiro".[77] Em sua coluna (em 31 de janeiro de 1897), ele alertava sobre a necessidade de uma cobertura intermidiática de Canudos – "nenhum jornal mandou ninguém aos Canudos", alguém como "um repórter paciente e sagaz, meio fotógrafo ou desenhista, para trazer as feições do Conselheiro, e dos principais subchefes, podia ir ao centro da seita nova e colher a verdade inteira sobre ela". Euclides satisfazia todos os critérios de Machado – engenheiro-escritor "meio fotógrafo ou desenhista". Autor de desenhos e croquis,[78] Euclides adquiriu uma Kodak portátil, que levou à expedição e que utilizou, como sabemos através de sua *Caderneta de campo* – "Fotografei esse lugar insípido. Flora jasmim dos tabuleiros e Mandacaru (Tamarineiro)"[79] –, e do jornalista Alfredo Silva, correspondente do jornal *A Notícia* – "Durante a subida [à igreja de Monte Santo], Euclides tirou, com uma máquina portátil, fotografia de alguns pontos de Monte Santo". Infelizmente, "as fotografias tiradas por Euclides da Cunha na região de Canudos nunca foram encontradas".[80]

Figura 4.6: Euclides da Cunha ao lado de uma máquina Kodak portátil. Ao fundo, a capa de ***Os Sertões***, primeira edição.

É através de Flávio de Barros que conhecemos imagens de Canudos. Sabemos pouco sobre Barros, um dos fotógrafos expedicionários, e o único a produzir um acervo fotográfico do confronto. Outro fotógrafo contratado para cobrir a Guerra de Canudos foi Juan Gutierrez, proprietário da Companhia Photographica, no Rio de Janeiro (Rua Gonçalves Dias, 40). Ele já havia fotografado a Revolta da Armada, em 1893. Gutierrez morreu durante os confrontos em Canudos. Segundo Ermakoff,[81] Gutierrez faleceu no campo de batalha no dia

28 de junho de 1897 e não se conhece qualquer imagem de sua autoria.[82] Nos *Sertões*, Euclides refere-se a ele como um "oficial honorário, um artista que fora até lá atraído pela estética sombria das batalhas".

Sabemos que Flávio de Barros possuía um estúdio de retratos em Salvador, na Rua do Lyceu, n. 3, e que era proprietário do estabelecimento Photografia Americana, na Rua da Misericórdia. Também sabemos que havia se dedicado à pintura.[83] Não são conhecidos os negativos de Canudos. Barros provavelmente usou "placa seca", ou negativos de vidro de gelatino-brometo de prata que, diferente do colódio úmido, podia ser preparado com antecedência, facilitando seu transporte e manuseio. A produção de cópias era feita em papel albuminado, proporcionando uma extensa gradação de tons. Ele trabalhava com modelos-padrão de negativos, especialmente 18 cm x 24 cm, e 12 cm x 18 cm. Suas fotos foram finalizadas em Salvador.[84] A instalação de um laboratório de campanha em Monte Santo ou em Canudos teria sido um complicado empreendimento devido às variações bruscas de temperatura entre o dia e a madrugada e à grande quantidade de equipamento exigido. Os resultados, conservados até hoje no Museu da República, no Rio de Janeiro, foram obtidos por Barros em dois tamanhos: 17,5 cm x 23,8 cm (quinze imagens) e 12,2 cm x 17,1 cm (cinquenta e quatro imagens).[85]

Em coluna do jornal *Paiz*, de 30 de outubro de 1897, é informado que Barros planejava uma exposição, no Rio de Janeiro, dos registros do conflito.[86] Em 24 de dezembro de 1897, no *Jornal do Brasil*, e em 2 de fevereiro de 1898, na *Gazeta de Notícias*, é comunicada a exibição das fotos, por "projeção elétrica", na rua Gonçalves Dias, 46 – "Curiosidade! Assombro!! Horror!!! Miséria!!!! Tudo representado ao vivo em tamanho natural por projeção elétrica. HOJE. Cenas de toda a guerra de Canudos tiradas no campo da ação pelo fotógrafo expedicionário Flávio de Barros, por consenso do comandante em chefe das tropas"; "crianças não pagam".[87]

Flávio de Barros fora contratado pelo Exército para registrar a quarta expedição, sob comando do general Artur Oscar de Andrade Guimarães. Ele parte de Salvador, em 30 de agosto de 1897, e chega a Canudos em 26 de setembro, onde permanece até 12 de outubro. Suas fotos são tomadas em arranjos cenográficos, com personagens que posam imóveis, não havendo sequer uma foto do confronto. Isso deve-se, em parte, a razões técnicas e a exigências militares. Utilizando placas secas, o tempo necessário de exposição, em boas condições de luminosidade, diminuíra de 10 a 20 segundos, quando baseado em colódio, para cerca de 1 segundo. Ainda assim, dificilmente seria possível obter imagens nítidas de movimento nesse intervalo de exposição.

> Tanto em Canudos quanto no Contestado, a tecnologia militar impedia a captação de instantâneos de guerra. Logo, era preciso aguardar o momento de calmaria, solicitar autorização do oficial responsável pela tropa e contar com a colaboração dos soldados e oficiais para posicionar-se adequadamente e fazer o registro fotográfico. Não é por acaso, portanto, que todas as imagens de guerra mencionadas até o momento (Paraguai, Armada e Canudos) foram captadas após a vitória militar.[88]

Quase todas as imagens de Barros são laudatórias – oficiais e praças posam orgulhosos nas fotos, jagunços e aldeãs são tratados respeitosamente. Não se vê os horrores das batalhas, prisioneiros e prisioneiras mortos, violentamente capturados, executados depois de rendidos. Entre os mortos, vemos Conselheiro, exumado – "fotografaram-no depois. E firmou-se uma ata rigorosa firmando sua identidade: importava que o país se convencesse bem de que estava, afinal extinto, aquele terribilíssimo antagonista".[89] A fotografia de Conselheiro não integra *Os Sertões*. O registro fotográfico do Conselheiro, como "peça fundamental para lavrar a ata final dos conflitos", aparece em telegrama do ministro da guerra para o presidente Prudente de Morais – "[...] De tudo se lavrará um auto em Canudos, sendo o cadáver fotografado".[90]

A primeira das três fotografias (figura 4.7) que compõem a última parte, "A Luta", é intitulada por Flávio de Barros de "Divisão Canet". No livro, ela recebe o título de "Monte-Santo (Base de operações)". Na foto, vemos o "canhão de tiro rápido Canet 150mm [...] peça de artilharia que não chegou a Canudos"[91] e a Divisão de Artilharia Canet, que se encontra na base de operações em Monte Santo. Na terceira edição, esse encarte com foto situa-se entre as páginas 526 e 527, e na décima segunda edição, entre as páginas 528 e 529. Lemos, antes da foto, na terceira edição (1905):

> A comitiva penetrando-as repousava envolta num coro silencioso de impropérios e pragas. Versos cambeteantes, riçados de rimas duras, enfeixando torpezas incríveis na moldura de desenhos pavorosos; imprecações revoluteando pelos cantos numa choréa phantastica de lettras tumultuarias, em que cahiam, violentamente, pontos de admiração rígidos como estocadas de sabre; vivas! morras! saltando por toda a banda em cima de nomes illustres, infamando--os, esbarrando-se discordes; trocadilhos ferinos; convicios desfibradores; allusões atrevidas; zombarias lobregas de caserna...
>
> E a empreza perdia repentinamente a feição heróica, sem brilho, sem altitude. Os narradores futuros tentariam em vão vela-la em descripções gloriosas. Teriam em cada pagina, indestructiveis, aquelles palimpsestos ultrajantes.[92]

Esse trecho também antecede a fotografia na edição de 1933. A colocalização texto-imagem é, portanto, preservada. Na edição de 2016, a foto está impressa na página 475; o texto acima não antecede a foto, situando-se na página anterior, 473.

528 OS SERTÕES

nellas deixava, a riscos de carvão, um reflexo das agruras que o alenceavam, liberrimamente, acobertando-se no anonymato commum. A mão de ferro do exercito alli se espalmara, traçando em caracteres enormes o entrecho do drama; photographando, exacta, naquellas grandes placas, o facies tremendo da lucta em inscripções lapidares, numa graphia bronca, onde se colhia em flagrante o sentir dos que o haviam gravado.

Sem a preoccupação da fórma, sem phantasias enganadoras, aquelles chronistas rudes, deixavam por alli, indelevel, o esboço real do maior escandalo da nossa historia — mas brutalmente, ferozmente, em pasquinadas incriveis — libellos brutos, em que se casavam pornographias revoltantes e desesperanças fundas, sem uma phrase varonil e digna. A onda escura de rancores que rolava na estrada chofrava aquelles muros, entrava pelas casas dentro, afogava as paredes até ao tecto...

A comitiva, penetrando-as, repousava envolta num côro silencioso de improperios e pragas. Versos cambeteantes, riçados de rimas duras, enfeixando torpezas incriveis na moldura de desenhos pavorosos; imprecações revoluteando pelos cantos numa chorêa phantastica de lettras tumultuarias, em que cahiam, violentamente, pontos de admiração rigidos como estocadas de sabre (148); vivas! morras! saltando por toda a banda em cima de nomes illustres, infamando-os, esbarrando-se discordes; trocadilhos ferinos; convicios desfibradores; allusões atrevidas; zombarias lobregas de caserna...

E a empresa perdia repentinamente a feição heroica, sem brilho, sem altitude. Os narradores futuros tentariam em vão velal-a em descripções gloriosas. Teriam em cada pagina, indestructiveis, aquelles palimpsestos ultrajantes.

(148) V. p. 520.

Monte-Santo (Base de operações).

Figura 4.7: “Monte-Santo (Base de operações)”
(encarte com fotografia, edição de 1933)

A segunda foto, intitulada por Flávio de Barros "7º Batalhão de Infanteria nas trincheiras", aparece no livro como "Acampamento dentro de Canudos" (figura 4.8). Na terceira edição, é um encarte situado entre as páginas 542 e 543; na décima segunda edição, está entre as páginas 544 e 545. Na edição de 2016, a foto está impressa na página 489 (ver tabela 4.2). O texto que antecede a fotografia na terceira edição é, parcialmente, o mesmo que lemos na décima segunda,[93] mesmo diferindo a paginação:

> Aquelle segmento do sitio era ainda escasso se o defrontavam com a amplitude do povoado. Este os surprehendia. Avezados às proporções exíguas das cidades sertanejas, tolhiças e minúsculas, assombrava-os aquella Babylonia de casebres, avassallando collinas.
>
> Canudos tinha naquella occasião - foram uma á uma contadas depois - cinco mil e duzentas vivendas; e como estas, cobertas de tectos de argilla vermelha, mesmo nos pontos em que se erigiam isoladas mal se destacavam, em relevo, no solo, acontecia que as vistas, accommodadas em principio ao acervo de pardieiros compactos em torno da praça, se illudiam, avolumando-a desproporcionadamente. A perspectiva era empolgante. Aggravava-a o tom mysterioso do logar. Custava admittir-se que houvesse alli em baixo tantas vidas. A observação mais afincada, quando transitório armistício a permittia, não lograva distinguir um vulto único, a sombra fugitiva de um homem; e não se escutava o rumor mais fugaz. Lembrava uma necropole antiga ou então, confundidos todos aquelles tectos e paredes no mesmo esboroamento, - uma cata enterroada e enorme, roida de erosões, abrindo-se em vossorocas e pregueando-se em algares.[94]

544 OS SERTÕES

ção, traduzindo-se o exame feito num diluente do optimismo anterior. Aquelle segmento do sitio era ainda escasso se o defrontavam com a amplitude do arraial. Este surprehendia-os. Affeitos ás proporções exiguas das cidades sertanejas, tolhiças e minusculas, assombrava-os aquella Babylonia de casebres, avassallando collinas.

Canudos — Canudos tinha naquella occasião — foram uma a uma contadas depois — cinco mil e duzentas vivendas (135); e como estas, cobertas de tectos de argilla vermelha, mesmo nos pontos em que se erigiam isoladas, mal se destacavam, em relevo, no solo, acontecia que as vistas, accommodadas em principio ao acervo de pardieiros compactos em torno da praça, se illudiam, avolumando-a desproporcionadamente. A perspectiva era empolgante. Aggravava-a o tom mysterioso do logar. Repugnava admittir-se que houvesse alli em baixo tantas vidas. A observação mais afincada, quando transitorio armisticio a permittia, não lograva distinguir um vulto unico, a sombra fugitiva de um homem; e não se ouvia o rumor mais fugaz. Lembrava uma necropole antiga ou então, confundidos todos aquelles tectos e paredes no mesmo esboroamento, — uma cata enterroada e enorme, roída de erosões, abrindo-se em vossorocas e pregueando-se em algares.

Que o observador, porém, não avultasse demais sobre o parapeito: as balas resaltando a subitas, de baixo, revelavam-lhe, de prompto, a população entocada. Bastava que um disparo qualquer, a qualquer hora, atroasse o alto do morro para que dalli refluisse, inevitavel, o revide immediato. Porque os jagunços, se não tinham mais a iniciativa dos ataques, replicavam com o vigor antigo. Exhauriam-se sem perder o aprumo, timbrando no disfarçar quaesquer symptomas de enfraquecimento. Comprehendia-se, no emtanto, que este era completo. Objectivavam-no os proprios escombros em que se entaliscavam, occultos. Além disso,

(135) V. p. 612.

Acampamento dentro de Canudos.

Figura 4.8: "Acampamento dentro de Canudos"
(encarte com fotografia, edição de 1933).

A última das três fotografias (figura 4.9), feita no dia 3 de outubro de 1897[95] é, para Burgi, "um dos registros mais emblemáticos dos conflitos e contradições da sociedade brasileira na passagem do Império para a República".[96] Ela diverge significativamente das outras imagens de Barros, em sua totalidade – "ao contrário das imagens oficiais e posadas de diversos destacamentos do Exército [...], essa imagem é o registro de um evento não antecipado nem pelo Exército nem pelo fotógrafo Flávio de Barros".[97] Essa é outra imagem renomeada – "O título '400 jagunços prisioneiros', tal como figura nos álbuns de Flavio de Barros, busca atribuir àqueles desvalidos e indefesos uma ferocidade que a própria imagem desmente e que mesmo Euclides fez questão de corrigir, reintitulando-a 'As prisioneiras', buscando coerência com seu testemunho do evento."[98] O que vemos são mulheres, velhos, velhas, e crianças, entregues ao Exército na "foto mais conhecida e mais marcante da Guerra de Canudos".[99]

> No dia 3, Antônio Beatinho [conselheirista] com dois companheiros deixa o arraial e procura o comandante em missão de paz, para negociar uma rendição. Após o acordo, torna a penetrar a arraial e volta acompanhado por cerca de 300 pessoas, entre mulheres, crianças e velhos, todos esqueléticos, doentes, famintos e feridos, como se pode verificar pela fotografia que documentou a ocasião.[100]

Na edição de 1933, ao lado da fotografia, o que lemos é um diálogo em que Beatinho é alertado:

> – Pois bem. A sua gente não pode resistir, nem fugir. Volte para lá e diga aos homens que se entreguem. Não morrerão. Garanto-lhes a vida. Serão entregues ao governo da Republica. E diga-lhes que o governo da Republica é bom para todos os brazileiros. Que se entreguem. Mas sem condições; não acceito a mais pequena condição.

> O Beatinho, porém, recusava-se, obstinado, à missão. Temia os próprios companheiros. Apresentava as melhores razões para não ir.[101]

Beatinho e seus dois companheiros foram degolados sob a suspeição de terem enganado as tropas do exército – "após a entrega dos prisioneiros, o tiroteio vindo do arraial recrudesceu".[102] Mesmo destino tiveram centenas de prisioneiros e prisioneiras, segundo Horcade, que teria presenciado "a chegada de 800 prisioneiros no dia 5, inclusive mulheres e crianças, atestando que quase todos foram degolados".[103] A foto antecede a chacina – "Sua força decorre de seu caráter essencialmente frontal e direto e seu valor histórico e documental se amplifica também em função do trágico desfecho desse momento da Guerra de Canudos: a chacina dessas mulheres, homens e crianças pelas forças regulares".[104]

604 OS SERTÕES

— Batalhei com uma porção delles para virem e não vieram porque ha um bando lá que não querem. São de muita opinião. Mas não aguentam mais. Quasi tudo mette a cabeça no chão de necessidade. Quasi tudo está secco de sêde...

— E não pódes trazel-os?

— Posso não (*). Elles estavam em tempo de me atirar quando sahi...

— Já viu quanta gente ahi está, toda bem armada e bem disposta?

— Eu fiquei espantado!

A resposta foi sincera, ou admiravelmente calculada. O rosto do altareiro desmanchou-se numa expressão incisiva e rapida, de espanto.

— Pois bem. A sua gente não póde resistir, nem fugir. Volte para lá e diga aos homens que se entreguem. Não morrerão. Garanto-lhes a vida. Serão entregues ao governo da Republica. E diga-lhes que o governo da Republica é bom para todos os brazileiros. Que se entreguem. Mas sem condições; não acceito a mais pequena condição...

O Beatinho, porém, recusava-se, obstinado, á missão. Temia os proprios companheiros. Apresentava as melhores razões para não ir.

Nessa occasião interveiu o outro prisioneiro, que até então permanecera mudo.

Viu-se, pela primeira vez, um jagunço bem nutrido e destacando-se do typo uniforme dos sertanejos. Chamava-se Bernabé José de Carvalho e era um chefe de segunda linha.

Tinha o typo flamengo, lembrando talvez, o que não é exaggerada conjectura, a ascendencia de hollandezes que tão largos annos por aquelles territorios do norte trataram com o indigena.

(*) Um traço do falar energico dos sertões, este systema de negativa.

As prisioneiras.

Figura 4.9: “As prisioneiras”
(encarte com fotografia, edição de 1933).

Na terceira e décima segunda edições, é um encarte com foto situado entre as páginas 604 e 605. Na edição de 2016, ela aparece na página 545 (ver tabela 4.2). O texto que antecede a fotografia na terceira edição (1905) é o mesmo que lemos na edição crítica de 2016.

> Nem um rosto viril, nem um braço capaz de suspender uma arma, nem um peito resfolegante de campeador domado: mulheres, sem número de mulheres, velhas spectraes. moças envelhecidas, velhas e moças indistinctas na mesma fealdade, escaveiradas e sujas, filhos escanchados nos quadris desnalgados, filhos encarapitados às costas, filhos suspensos aos peitos murchos, filhos arrastados pelos braços, passando; creanças, sem numero de creanças; velhos, sem numero de velhos; raros homens, enfermos opilados, faces tumidas e mortas, de cera, bustos dobrados, andar cambaleante.[105]

INTERAÇÃO TRANS-MÍDIA NO LIVRO-OBRA

Os Sertões resulta da "combinação" de mídias reconhecidamente distintas - fotografia, mapas, desenho e texto verbal, e pode ser classificado como um caso de "combinação de mídias".[106] Conforme os subtipos de Clüver, o fotolivro de Euclides é um caso de (i) intermídia, quando o examinamos como um padrão geral de relações, sobretudo relações foto-texto e (ii) multimídia, quando examinamos texto e fotografia, separadamente, e ambos ainda assim parecem "coerentes". Na primeira interpretação, os sistemas não podem ser separados. Sua natureza depende de um padrão geral de relações (fotos-texto) observado. A segunda interpretação permite intervenções que a primeira deveria impedir.

A questão aqui é que sabemos que diversas edições foram publicadas sem as fotografias de Flávio de Barros, que muitas edições foram ilustradas com outros desenhos, outras fotos, e algumas foram impressas sem qualquer imagem. Se Zilly[107] estiver correto ("não só o olhar do autor científico [Euclides] era aguçado e direcionado por esse modo de ver, como ele até parece ter escrito algumas cenas lembrando e interpretando fotos de Flávio de Barros") *Os Sertões* é um exemplo de "interação trans-mídia", onde "palavra e imagem são conectadas por meio de transposição ou substituição, uma é essencialmente o suplemento da outra".[108] Nesse tipo de interação, "o linguístico e o visual se mantêm claramente distintos, tanto no tempo quanto no espaço, e também com relação à divisão de funções. Isso implica uma hierarquia na qual o texto se mantém subordinado à imagem (ou vice-versa)".[109] Há outra possibilidade, que deveríamos considerar, que é interpretar *Os Sertões* como multi-mídia, palavra e imagem coexistindo, porém mantendo-se segregadas espacial e semioticamente – "compartilhando o mesmo espaço, apesar de permanecerem nitidamente distintas em termos de relações espaciais, tipos de inteligibilidade e, frequentemente, na divisão de funções".[110] *Os Sertões* também pode ser considerado um livro-obra,[111] já que o trabalho dos autores (Euclides e Flávio de Barros) é dependente dessa estrutura de livro.[112] Em todas estas perspectivas, *Os Sertões* são um experimento que resulta de um plano de integração (ou combinação) entre processos reconhecidamente distintos. Se nossas suposições estão corretas, parece-nos muito claro que não podemos seguir examinando *Os Sertões* como um experimento verbal-monomodal, como se todo o equipamento intermidiático pudesse ser dissociado da estrutura de livro-obra a que foi submetido desde sua invenção.

Nós examinamos, no próximo capítulo, um caso muito distinto, *A pintura em pânico* – ignorado pela crítica e historiografia por razões diversas, porque é inclassificável seu autor, neoparnasiano, religioso e surrealista, e porque inaugura, entre nós, experimentos de fotomontagem cujas implicações ainda seguem mal analisadas.

NOTAS

1 Haroldo de Campos (1997: 53).
2 Júnior (1904: 33-71).
3 Sobre a data suposta de seu lançamento, ver Bragança (1997).
4 Ventura (2002).
5 Coutinho (1952).
6 Oliveira (1983).
7 Freitas (1904 [1902]).
8 Azevedo (1950).
9 Augusto de Campos (1997), Queiroz (2014).
10 Sena (1963).
11 Chaves (1966).
12 Proença (1971).
13 Coutinho (1995).
14 Haroldo de Campos (1997: 55).
15 Zilly (2002).
16 Gutiérrez (2015).
17 Bosi (2003: 309).
18 Ventura (2003: 201).
19 Campos (1997: 53).
20 Merquior (1979: 196).
21 Merquior (1979: 196).
22 Haroldo de Campos (1997: 51).
23 Bosi (2003: 310).
24 Bosi (2003: 309).
25 Merquior (1979: 197).
26 Oswald de Andrade (2002 [1943]).

27 Bosi (2003: 310).

28 Merquior (1979: 197).

29 Zilly (2002: 197).

30 Merquior (1979: 197).

31 Cunha (1905: 129).

32 Zilly (2002: 195).

33 Azevedo (1950: 27).

34 Ventura (1998).

35 Sobre o "narrador da prosa de ficção", no século XIX, e sua relação com relatos de viagem e com a visão pictórica dos desenhos dos paisagistas, ver Süssekind (1990).

36 Santana (1998).

37 Santana (1998).

38 Euclides da Cunha "escreveu, de março a julho de 1897, antes de ser enviado à Bahia, seis artigos para o jornal [*O Estado de São Paulo*], além de dois ensaios sobre Canudos, com o título de *A Nossa Vendéia*" (Ventura, 2003: 152).

39 Ventura (2003: 148).

40 Ventura (2003: 187).

41 Azevedo (1950: 24-25).

42 Com a aquisição da Laemmert pela editora Francisco Alves, "foram incorporados ao fundo da Francisco Alves os direitos autorais de *Os Sertões* (...) Após ter sido lançada a quarta edição, foi encontrado entre os livros de Euclides da Cunha um exemplar da terceira edição, corrigido e alterado pelo autor, e com a seguinte indicação do próprio punho feita na folha de anterrosto: 'Livro que deve servir para a edição definitiva (4a)'" (Bragança, 1999: 339, 341).

43 É muito mencionado o cuidado que Euclides dedicou à supervisão das provas — "(...) ia sempre ao Rio a fim de corrigir as provas tipográficas, umas provas que nunca o satisfaziam inteiramente" (Rabello: 1966: 163). Não nos deveria surpreender, portanto, que a

arquitetura intermidiática e multimodal do livro se submetesse à supervisão rigorosa de Euclides.

44 A primeira edição d'*Os Sertões* possui 632 páginas. As duas edições seguintes possuem 618 páginas. Da quarta até a décima primeira edições, 620 páginas. Da décima segunda, diretamente consultada, até a vigésima primeira, 646 páginas. Segundo Aníbal Bragança (com. pessoal), muitas das "eventuais alterações no número de páginas se devem, em geral, ao projeto gráfico, diagramação e corpo do tipo usado. Não indicam necessariamente alteração de texto".

45 Galvão (2016: 27).

46 Galvão (2016: 27).

47 Cunha (Galvão 2016).

48 Galvão (2016: 15, 16, 18, 20).

49 Santana (1998).

50 Azevedo (1950: 27).

51 Santana (1998, nota 4).

52 Galvão (1985: 89).

53 Cunha (1905: 3; 1933: 3; 2016: 17).

54 Cunha (2016).

55 Azevedo (1950: 27).

56 Cunha (2016).

57 Cunha (1905: 22; 1933: 22; 2016: 33).

58 Cunha (2016).

59 Cunha (1905: 42-43; 1933: 42; 2016: 52-53).

60 Azevedo (1950: 27)

61 Cunha (1905: 72; 1933: 72; 2016: 81)

62 Cunha (2016).

63 Azevedo (1950: 27).

64 Euclides (1905: 185).

65 Cunha (2016).

66 Cunha (1905: 186; 1933: 186-187; 2016: 175-176).

67 Cunha (1905: 184; 1933: 184; 2016: 174).

68 Silva-Fath (2016: 122).

69 Silva-Fath (2016: 123).

70 Kittler (2002: 175).

71 Hicks (1952).

72 Andrade (2004).

73 A primeira fotografia realizada em um front de batalha aconteceu durante a Guerra da Crimeia (1853-1856), de acordo com o *Historical Dictionary of War Journalism* (1997). Roger Fenton foi o autor das imagens do conflito.

74 Toral (2001: 2003).

75 De acordo com George Ermakoff (2001), o fotógrafo Juan Gutiérrez de Padilla foi contratado pelo Exército para registrar a vitória sobre a insurreição comandada pelo vice-almirante Custódio de Melo contra o presidente Floriano Peixoto. São 77 fotografias registrando cenários destruídos, e homens em posição de combate.

76 Almeida (2002: 271).

77 Os artigos foram publicados na *Gazeta de Notícias*, nos dias 22 de julho de 1894, 13 de setembro de 1896, 6 de dezembro de 1896 e 31 de janeiro de 1897, na coluna *A Semana*.

78 Andrade (2009).

79 Andrade (2009: 76).

80 Ventura (2003: 168).

81 Ermakoff (2001: 30-31).

82 Ventura (2003: 169).

83 Burgi (2015).

84 (Almeida, 1997: 26). Ver também Almeida (2002: 278).

85 Todas as fotografias de Flávio de Barros podem ser acessadas

através do site da Biblioteca Nacional, Brasiliana Fotográfica: https://brasilianafotografica.bn.gov.br.

86 Wanderley (2015).

87 Almeida (1997: 26; 2002: 278).

88 Rodrigues (2014: 393).

89 Cunha (1905: 610).

90 Almeida (2002: 271).

91 Oliveira (2002: 72).

92 Cunha (1905: 526; 1933: 528; 2016: 472-473).

93 Cunha (1933: 542; 1905: 544).

94 Cunha (1905: 542; 1933: 543-544; 2016: 487).

95 Galvão (2001: 97).

96 Burgi (2015).

97 Burgi (2015).

98 Burgi (2005).

99 Galvão (2001: 94).

100 Galvão (2001: 94).

101 Cunha (1905: 601; 1933: 604).

102 Galvão (2001: 93).

103 Galvão (2001: 93).

104 Burgi (2015).

105 Cunha (1905: 604; 1933: 606-607; 2016: 544).

106 Rajewsky (2012: 48).

107 Zilly (1998).

108 Morley (2020: 171-172).

109 Morley (2020: 171-172).

110 Morley (2020: 172).

111 Clive Philpott (ver capítulo 3).

112 Silveira (2008: 46).

5

A PINTURA EM PÂNICO

– O FOTOLIVRO DE LITERATURA SURREALIZANTE DE JORGE DE LIMA

A pintura em pânico, de Jorge de Lima, é um fotolivro de literatura de "impulso surrealizante". Impresso na Tipografia Luso-Brasileira, em 1943, trata-se de um exemplo surpreendente de literatura expandida, no núcleo da segunda fase do modernismo brasileiro. E trata-se de nossa primeira experimentação baseada na técnica da fotomontagem. Desprezado pela historiografia e crítica literárias, sua estrutura, preparação e projeto, ele segue mal analisado até hoje. Tal negligência parece resultar de um menosprezo relacionado ao fotolivro de literatura, uma suposição confirmada por muitas fortunas críticas. Nós exploramos, introdutoriamente: (i) a estrutura intermidiática fragmentária e surrealista da obra, seus tipos e subtipos classificatórios; (ii) a invenção e alguns atributos da fotomontagem; (iii) a influência de Max Ernst sobre Jorge de Lima, e (iv) a relação texto-fotomontagem, em diversos dísticos.

JORGE DE LIMA

Jorge de Lima é um autor de difícil definição. Com frequência, fala-se de um "múltiplo", multifacetado, Jorge de Lima – "artista de múltiplas dimensões, a social, a religiosa, a onírica".[1] Com Murilo Mendes, Jorge de Lima, "sonetista neoparnasiano e príncipe dos poetas de Alagoas",[2] projetou "restaurar a poesia em Cristo".[3] Mas a sua versão mais religiosamente orientada é "contraditória" e "surrealista" – "o cristianismo de Jorge de Lima é caótico e contraditório, visionário e alucinado, surrealista: e afunda as suas raízes numa Bíblia remeditada e revivida em primeira pessoa, como história exemplar da humanidade, floresta de símbolos".[4] Tais propriedades, combinadas, transformam sua poesia religiosa num projeto quase inclassificável.

Para Bosi, trata-se de um poeta "organicamente lírico, isto é, enraizado na própria afetividade".[5] Ele pode, a um só tempo, ser considerado um poeta "canhestro", de grande conservadorismo, temático e formal, associado ao parnaso-academicismo mais dedicado de uma época, e, de outro, alinhar-se a experimentações pouco convencionais, praticadas no núcleo da segunda fase do modernismo brasileiro – "defendia-se com o argumento de que em todas as modalidades de experiências artísticas buscava sempre outras formas de fazer poesia: 'o que eu não quero é me repetir'".[6] Para Rodrigues, trata-se de "um temperamento inquieto e uma vocação para o experimentalismo [que nos apresenta uma] produção híbrida e multifacetada, lançando difíceis desafios à análise crítica que busca descobrir um sentido de unidade, ou de continuidade e coerência estilística em sua obra".[7] Não é outra a dificuldade relacionada a *A pintura em pânico*. Segundo Stegagno-Picchio, Lima é autor de uma das

> obras mais complexas de toda a poesia moderna, e não só brasileira, na qual o regional e o universal, o antigo e o moderno, a tradição e a inovação, o trivial e o sublime, estão

> tão intimamente ligados de forma a tornar banal qualquer juízo analítico baseado no particular, no aspecto, no gênero literário, no nível estilístico.[8]

Atento a essa multiplicidade, Jorge Schwartz, para se referir a Jorge de Lima e a seus contemporâneos, Ismael Nery, Cícero Dias, Vicente do Rego Monteiro, Tarsila do Amaral e Flávio de Carvalho, sugere o termo "impulso surrealizante". Para Schwartz, esses artistas não foram surrealistas, mas artistas de "impulsos surrealizantes", já que nenhum deles foi realmente surrealista – "A maior parte passou pela experiência parisiense dos anos 1920, e a produção pictórica está marcada por várias fases, nas quais o surrealismo nunca é exclusivo".[9] Alfredo Bosi concorda parcialmente com a opinião de Schwartz – Jorge de Lima "ensaiou, algo canhestramente aliás, o romance surrealista e, com maior felicidade, a pintura de inspiração onírica e a fotomontagem voltada para o realismo mágico".[10]

Mas nosso interesse é bastante específico. O desenvolvimento da obra de Lima, "sucessivamente regional, negro, bíblico e hermético",[11] inclui um experimento surpreendente, intermidiático, ainda mal analisado, de fotolivro de literatura baseado em fotomontagens – *A pintura em pânico*. A importância desse experimento não deveria, como tem sido, subestimado, ao menos por sua originalidade histórica, que, "a despeito da despretensão do seu criador, tornou-se a primeira obra do gênero realizada no Brasil".[12]

Jorge de Lima "foi o primeiro artista brasileiro a se dedicar à pesquisa das possibilidades únicas oferecidas pelo novo gênero de arte que então surgia na Europa – a fotomontagem".[13] Ele e o também poeta e amigo Murilo Mendes iniciaram, na década de 1930, diversos experimentos com esse "novo gênero" no Brasil.

> O conselho veio de Rimbaud: desarticular os elementos. Aplicado ao desenho e ao ballet, tal princípio provocou excelentes realizações. Por exemplo: *La femme 100 têtes*, de Max Ernst, e *Bacanal*, de Salvador Dali. O livro de Max Ernst inspirava-me. Faltavam-me, porém, a paciência, a perseverança. Jorge de Lima tem tudo isto, e mais ainda. Começamos juntos o trabalho. Mas dentro em breve ele ficava sozinho. O antitécnico abandonava o técnico.[14]

A pintura em pânico é uma obra de "impulso surrealizante",[15] e baseia-se na fotomontagem. Desprezada pela historiografia, de nosso acervo de obras literárias híbridas e expandidas, trata-se de uma experimentação cujas implicações seguem mal analisadas até hoje. Se tal negligência resulta de certo menosprezo relacionado à experimentação fotográfica, essa suposição parece confirmada por muitas abordagens. No *História da literatura brasileira*, de Luciana Stegagno-Picchio,[16] a palavra "fotografia" aparece apenas em duas ocasiões, em uma delas para tratar de um Jorge de Lima "menor" - "o outro Jorge de Lima, o narrador, o ensaísta e o biógrafo, mas também o poeta e o fotógrafo de incríveis e moderníssimas fotomontagens surrealistas, é amplamente superado pelo Jorge de Lima poeta (...)".[17] Também é o que encontramos no *História da literatura brasileira* (1982), de Nelson Werneck Sodré, ainda mais geral, sobre uma literatura "empobrecida" quanto mais próxima da fotografia - "De tudo tratando de forma objetiva, quase naturalista, aproximando-se da reprodução fotográfica e por isso mesmo empobrecida enquanto arte".[18]

A FOTOGRAFIA NO MODERNISMO E A FOTOMONTAGEM

Não deve ser por outra razão (o menosprezo relacionado à experimentação fotográfica) que sabemos ainda tão pouco sobre as experiências fotográficas dos modernistas brasileiros. Esse fenômeno foi aparentemente sufocado por sua "corrente hegemônica" que, interessada em criar um imaginário brasileiro, não permitiu o uso de "modalidades artísticas [até então] não consagradas".[19] Chiarelli, entende por "corrente hegemônica" do modernismo brasileiro "aquela que, encabeçada por Mário de Andrade no terreno da crítica de arte, constituiu um projeto para a produção visual brasileira, projeto este aceito e levado adiante por intelectuais, artistas plásticos e arquitetos, obtendo o apoio do governo federal, entre a década de 1930 e a seguinte".[20]

> No campo das artes visuais, a corrente hegemônica do modernismo visou constituir um imaginário nacional, pautado na glorificação do homem brasileiro. Esta tomada de posição de caráter ético e político, imediatamente determinou um posicionamento estético que alijou do debate artístico local duas questões que marcaram as vanguardas europeias do início do século XX, retirando do modernismo brasileiro a possibilidade de ser estudado como um simples desdobramento das mesmas, aqui abaixo do Equador. Em primeiro lugar, a necessidade de constituição de um imaginário nacional, onde o "homem brasileiro" fosse o protagonista, deixou imediatamente de lado toda possibilidade de ser desenvolvida no país qualquer poética que se desprendesse da necessidade de figurar esse "homem brasileiro", sempre de maneira positiva. (...) Em segundo lugar, nessa opção de criar tal imaginário brasileiro, não cabia o uso de modalidades artísticas ainda não consagradas.[21]

Ainda segundo Chiarelli, para o artista ser "autorizado" por um suposto modernismo hegemônico "era necessário que ele, além de enaltecer a paisagem humana brasileira dentro de moldes `aceitáveis' de deformação expressiva, se valesse, para tanto, das modalidades tradicionais: desenho, gravura, escultura e pintura".[22] Ainda de acordo com Chiarelli, tal posicionamento, que retirou das possibilidades artísticas "o uso de modalidades artísticas ainda não consagradas", teve um "caráter [especialmente] ético e político" e visou constituir "um imaginário nacional, pautado na glorificação do homem brasileiro".[23] A "modalidade pouco consagrada" também não interessou nossos principais críticos e historiadores da arte e da literatura – "fica bastante difícil saber se, de fato, houve algum tipo de produção mais consistente neste campo, ou se o uso da fotografia pelos protagonistas do modernismo não passou de mera atividade de lazer, sem maiores consequências no campo de suas preocupações estéticas".[24]

> Em diversas manifestações artísticas posteriores a Semana [de 1922], a fotografia manterá uma presença nula ou inexpressiva. Situação que apresentara sinais de alteração significativa apenas no segundo pós-guerra. Em 1939, tentando alterar esse quadro, Benedito Duarte, no artigo "O salão de maio e a photographia", reivindica a participação de fotógrafos no evento. Duarte, no entanto, não desenvolve propriamente uma argumentação em torno do valor artístico do meio. Pelo contrário, o texto evidencia uma atitude estratégica que procura estimular o interesse pela fotografia. O quadro de aversão e desinformação quanto a fotografia e o foco do artigo. Nem por isso o Salão, em nenhuma das três edições, aceitaria essa participação. Idealizado por Quirino da Silva, a quem se reuniria no primeiro momento o crítico Geraldo Ferraz e, por fim, em 1939, Flávio de Carvalho, o Salão procurava divulgar, como promoções anteriores, a produção de "arte moderna".[25]

Entre os artistas e escritores modernistas, Mário de Andrade é um dos primeiros a se interessar pela fotografia. Mário, que começa a fotografar a partir de 1923, tem "a produção fotográfica mais conhecida do grupo".[26] Sua produção tem um caráter documental de "suas viagens pelo interior do Brasil",[27] mas é muito influenciada por fotógrafos autorais alemães, "preocupados não apenas em documentar o real mas, igualmente, na constituição de uma linguagem fotográfica autônoma, pautada no corte, no close, na ênfase nos contrastes de preto e branco etc.".[28]

Um tratamento pouco ortodoxo, dissociado de funções referenciais-indexicais, é antecipado por outro brasileiro, Vicente do Rego Monteiro – "outro artista modernista que parece ter se dedicado com maior afinco à fotografia".[29] No livro *Vicente do Rego Monteiro: artista e poeta* (1997), Walter Zanini, "o melhor crítico" do artista (Schwartz, 2013: 54), apresenta algumas "fotos feitas por Monteiro nos anos 1920, em Paris, entre elas, uma fotomontagem".[30] Para Chiarelli, "excetuando esses exemplos bastante frágeis para configurar um corpus de real significação, o uso da fotografia por artistas e intelectuais modernistas ficou confinado, até muito recentemente, a duas contribuições muito específicas, ligadas à fotomontagem".[31] O pesquisador menciona as fotomontagens realizadas por Jorge de Lima "entre os anos 1930 e 1940" e aquelas "do artista plástico Athos Bulcão, cujas produções remontam à primeira metade dos anos 1950".[32]

O termo "fotomontagem" é usado para se referir a um procedimento que relaciona duas ou mais imagens fotográficas com o propósito de gerar uma nova imagem. Diversos procedimentos podem ser usados. Um dos mais citados, muito explorado por dadaístas, surrealistas e cubofuturistas, é a colagem, que associa imagens positivas em uma mesma superfície, permitindo gerar negativos para novas ampliações. Também podem ser usados "sanduíches" de dois ou mais negativos, ou diapositivos, para produzir uma nova imagem, que pode ser projetada (*slides*), ou gerar ampliações positivas sobre papel. A fotomontagem pode, ainda, ser executada diretamente na câmera, através de dupla ou múltipla exposição do mesmo negativo.

Segundo Rodrigues, "uma enumeração simples das diversas expressões usadas pela imprensa para nomear [a fotomontagem] é suficiente para demonstrar a dimensão da sua novidade [à época]: composição fotográfica, *decoupage*, poesia foto-plástica, imagem foto-poética, composição pictural, gravura surrealista, fotografia supra-realista etc.".[33] Essa novidade causou "um misto de fascínio e escândalo junto ao público da época".[34] Mário de Andrade, no artigo "Fantasias de um poeta", publicado em 1939, menciona a técnica como um "processo novo de criação lírica"[35] que, segundo Fabris (2002: 144), "permitia uma revelação do inconsciente, pois fazia vir à tona as tendências recônditas, os instintos e os desejos recalcados, os ideais e a cultura de uma pessoa". Tristão Ribas, em "Fotomontagem de imoralidades", publicado no jornal *A Notícia*, é um dos críticos mais ferozes da nova técnica – "ele se refere às fotomontagens como 'divertimentos pictóricos em estilo de criança', uma 'exibição de maluquices' com 'simpatia pelo pornográfico', que contribuem para a 'corrupção dos costumes e dos gostos' com suas 'monstruosidades contra a beleza e contra a moral'".[36] Para Fabris, "a trivialização da fotomontagem, reduzida a uma técnica primária e ao alcance de qualquer criança, [respondeu] ao objetivo preciso de denegrir a arte moderna"[37] e a avaliação de uma das imagens do conjunto, "colocada sob o signo da pornografia, [pretendeu,] antes de tudo, desmoralizar a figura de Jorge de Lima".[38] Lima nos conta: "quando meu livro de fotomontagens foi publicado [1943], atacaram-no várias vezes, pela imprensa, chamando-o de comunista, dissolvente, até de imoral".[39]

Os procedimentos usados por Jorge de Lima são explicados assim por Mário de Andrade e Murilo Mendes – a técnica "consiste apenas na gente se munir de um bom número de revistas e livros com fotografias, recortar figuras e reorganizá-las numa composição nova que a gente fotografa ou manda fotografar".[40] Para Mendes, os "elementos de organização são pobres e simples: figuras recortadas de velhas revistas, gravuras imprestáveis, uma tesoura e goma arábica".[41] Segundo Mário, Lima é "o maior criador de fotomontagens no Brasil", embora o rótulo talvez não seja grande elogio, já que "estes ainda são tão poucos que não é grande mérito ser o maior deles".[42]

Embora tenha se tornado mais popular com as vanguardas do início do século XX, fazendo "parte de importantes inovações [inclusive] literárias",[43] os procedimentos são muito anteriores. Atribui-se ao fotógrafo francês Hippolyte Bayard a primeira fotomontagem conhecida (figura 5.1), elaborada nos anos 1850.

Figura 5.1: Fotomontagem de Hippolyte Bayard.

"Impressões combinadas", como foram chamadas por Oscar Gustave Rejlander, também foram produzidas em meados da era vitoriana (1837-1901). Rejlander trabalhou com retratos, obras eróticas com modelos de circo e prostitutas - "[...] queria produzir uma imagem equilibrada em que o tema fosse sobreposto em um fundo que unisse os dois em um cenário idealizado".[44]

Experiências com colagem ficaram especialmente conhecidas depois de Picasso e Braque, "que começaram a adicionar às pinturas fragmentos de materiais impressos, simulacros de texturas etc., colando-os na superfície da tela".[45] Artistas das vanguardas subsequentes exploraram extensivamente esta técnica e suas diversas variações - "os resultados obtidos dessa apropriação de objetos heteróclitos foram radicalizados no experimentalismo dos artistas dadaístas e construtivistas na Alemanha, Suíça e União Soviética logo após a Primeira Guerra Mundial".[46]

> Diferenciando-se da colagem cubista, a fotomontagem consiste numa composição feita exclusivamente com recortes de fotografias, ilustrações e tipografias extraídas de materiais gráficos de todo tipo (jornais, revistas, material publicitário etc.) que nessa época já compunham a nova fisionomia da moderna cultura de massa. O termo "foto-colagem" foi inicialmente adotado pelos dadaístas Raoul Hausmann e Hannah Hoch para distinguir esse tipo de arte da colagem do cubismo sintético. Já os construtivistas russos, por seu lado, como John Heartfield e Rodchenko, preferiram a denominação de fotomontagem, que acabou se generalizando.[47]

Raoul Hausmann, Hannah Hoch, John Heartfield, Rodchenko, Kurt Schwitters e Moholy-Nagy são alguns dos artistas que se dedicaram às colagens fotográficas, ou fotomontagens.

A PINTURA EM PÂNICO – FOTOLIVRO DE LITERATURA SURREALIZANTE

> *Liberdade poética: este livro respira, a infância dá mão à idade madura, a calma e a catástrofe descobrem parentesco próximo ao folhearem um álbum de família.*
>
> Murilo Mendes (1943)

Mário de Andrade antecipa, no artigo já citado (*Fantasias de um poeta*), algumas fotomontagens de *A pintura em pânico* (1943). Neste artigo, ele aconselha:

> Leitor, ouve este conselho: se jamais fizeste fotomontagens, nunca te metas neste processo novo de criação lírica. Ou de brincadeiras, se quiseres. É tão empolgante, que em pouco tempo vira vício mais pegajoso que outro qualquer, perderás tempo e dinheiro, brigarás com a esposa, discutirás com os filhos etc. Pior que futebol ou religião. É a coisa mais apaixonante do século.[48]

O experimento de Lima, elaborado com "moderníssimas fotomontagens surrealistas",[49] é o primeiro exemplo, até onde sabemos, de fotolivro de literatura brasileira baseado nesta técnica[50] – "da série de fotomontagens produzidas por Jorge de Lima entre os anos 1930-1940 surgiu *A pintura em pânico*, publicação independente impressa na Tipografia Luso-Brasileira em 1943".[51] O fotolivro, cuja primeira edição teve uma tiragem de apenas 250 exemplares, "numerados de 1 a 250 e rubricados pelo autor",[52] reúne quarenta e uma fotomontagens associadas a sentenças, ou versos, "que, longe de terem uma função descritiva ou explicativa, são mais um elemento da charada apresentada pela imagem, estabelecendo uma relação orgânica entre a linguagem verbal e visual".[53] De acordo com Rodrigues, "o conjunto das imagens e textos configura uma unidade complexa, um mosaico de referências fragmentadas e contraditórias, cujo objetivo declarado era 'provocar uma sensação poética'".[54] Para Sacchettin, "a relação entre imagem e texto envolve a noção surrealista de imagem poética"[55] e a "aproximação fortuita desses elementos produz o efeito de absurdo, ocasionando analogias pouco habituais e surpreendentes, estabelecidas no interior da imagem, fazendo surgir daí uma 'faísca' poética".[56]

Mendes, em sua "nota liminar" publicada nas páginas anteriores aos dísticos[57] de Lima, afirma que Max Ernst serve de modelo à experimentação de *A pintura em pânico*, devido a um aspecto que alguns caracterizam como "narrativa surrealista".[58] Também para Chiarelli, Jorge de Lima segue de perto "o espírito das fotomontagens surrealistas, sobretudo aquelas criadas por Ernst: cenas insólitas ocorrendo em espaços quase sempre contínuos, oníricos, povoados de seres mutantes, misto de mulher e máquina, mulher e animal, mulher e manequim".[59] Ernst, desde suas primeiras colagens, produzidas entre 1919-1921, baseava-se na combinação texto-imagem – "a relação entre fotomontagem e poesia está claramente sinalizada na obra de Max Ernst".[60] Em suas obras, "as palavras conjugadas as imagens constroem inscrições cada vez mais longas, coligadas em frases insólitas e provocantes, em legendas de teor poético".[61]

Sobre *A pintura em pânico*, os autores se revezam sobre a estrutura fragmentária da "narrativa surrealista" construída por Jorge de Lima. Os modelos são especialmente os livros *La femme 100 têtes* (1928), *Rêve d'une petite fille qui voulut entrer au Carmel* (1930) e *Une semaine de bonté ou les sept éléments capitaux* (1934). Mas, diferente de Ernst, que organiza tematicamente as fotomontagens em blocos distribuídos como episódios em uma sintaxe narrativa facilmente identificável, a obra de Lima possui um "bloco" único, que pode ser narrativo a depender das associações tópicas (e temáticas) criadas – "quando entramos em contato com *A pintura em pânico* uma questão se coloca logo de saída: a de saber se o livro conta ou não uma história que se possa decifrar, elucidar, compreender".[62] Sobre a organização e a suposta "inexistência de uma sequência narrativa", Assunção afirma:

> Um signo externo que confirma a inexistência de uma sequência narrativa é o fato de as páginas não estarem numeradas. Pensamos que imaginar uma estória, mesmo desconexa, seria neste caso trair a natureza do material que se apresenta antes como uma coleção de fotomontagens legendadas onde cada qual constitui uma totalidade e guarda, portanto, sua autonomia. Se o que unifica a coleção é apenas um estilo reconhecível de montar e legendar, este livro de fotomontagens funciona como um livro de poemas autônomos em que se reconhece porém uma autoria única através da maneira de compor. A absoluta autonomia destas fotomontagens permite, assim, pensar na inexistência de uma ordem necessária de leitura ou em uma ordem aleatória e maravilhosa que – como diz André Breton no prefácio a (*Avis au lecteur pour*) *La femme 100 têtes* – "salta as páginas como uma menina salta corda (...)" (Breton, 1992: 304).[63]

Contudo, se subtraímos todas as fotomontagens como exercício de leitura, não é uma "inexistência de sequência narrativa" o que observamos. Ao contrário, não há apenas um desenvolvimento de sentenças contíguas (muitas das quais são versos livres), que parecem ordenadas até pela pontuação, mas os tópicos temáticos também estão distribuídos em sequências facilmente identificadas.

E entre o mar e as nuvens foram surgindo as primeiras formas (p. 40)
e as primeiras fecundações (contra todas as ordens). (p. 42)
Surgiram forças eternas para lutar contra forças idênticas. (p. 44)
Idem. (p. 46)
Possivelmente pelo terror das futuras hecatombes. (p. 48)
A poesia em pânico. (p. 50)
A criação pelo vento. (p. 52)
Caim e Abel. (p. 54)
Vêm pássaros da estratosfera visitar-me. (p. 56)
Ah, fui precipitado quando quis fundir as coisas numa só! (p. 58)
A poesia abandona a ciência à sua própria sorte. (p. 60)

Para Sacchettin (2018: 79), "sugere-se ao leitor que percorra a sequência de imagens das mais diferentes maneiras, sem compromisso com uma ordem linear, sugestão essa dada pela não paginação do volume". Segundo Rodrigues, trata-se, claramente, de uma narrativa fantástica:

> Simbólica e hermética, trata-se de uma narrativa fantástica que nos convida a experimentar um mundo de imagens arquetípicas e forças em constante tensão. As histórias que *A pintura em pânico* conta subvertem o tempo e o espaço da realidade humana ordinária e nos projetam em um outro tempo - a atemporalidade ou o tempo cíclico dos mitos - e em um outro espaço - transcendente, utópico. O início dessa história confunde-se com a própria Gênese, a criação dos seres, a nostalgia da unidade perdida; no fim fundem-se o Armagedon, o juízo Final, a mutilação dos corpos, a morte e sua consequente transmutação em outras formas híbridas de vida; e no meio, a aventura mística do homem-poeta-herói, este visionário que só pode expressar sua experiência extraordinária do mundo através de uma linguagem afeita aos mistérios.[64]

Sobre a relação intermidiática foto-poema, é preciso enquadrar a discussão de acordo com as ferramentas teóricas disponíveis. Por razões diversas (históricas, sociais, técnicas, semióticas), podemos afirmar que não é possível tratar o processo (ou sistema) verbal como uma "explicação", ou uma "legenda", da fotomontagem – "inútil recorrer à imagem para clarificar o sentido global da inscrição, e vice-versa, pois o que predomina na legenda é o estilhaçamento do sentido, como se se tratasse apenas de dar significações parciais".[65] A ideia de que o texto verbal, descrito como uma "legenda" (mesmo sem uma definição muito precisa do que significa isso), possui "autonomia relativa" com relação à fotomontagem é bem caracterizada por Assunção, que fez um dos mais cuidadosos trabalhos já publicados sobre *A pintura em pânico*. Para Assunção, as "legendas" ("relativamente prosaicas") são capazes de "[adquirir] um sentido surpreendente (e muitas vezes irônico) ao iluminarem discursivamente e por contraste uma imagem ou cena monstruosa e incongruente (como, por exemplo, 'A paz das famílias' ou 'O criminoso lega sua impressão digital')"[66] (figuras 5.2 e 5.3).

Figura 5.2: ***A pintura em pânico*** (1943).
Trecho: “A paz das famílias”.

Figura 5.3: ***A pintura em pânico*** (1943).
Trecho: “O criminoso lega sua impressão digital”.

A relação ("legenda-imagem"), para Assunção, baseia-se em "contraste e deslocamento irônicos", entre texto verbal e fotomontagem que atua "como indicativo ou guia de uma leitura cujo sentido só se forma na súbita faísca da unidade resultante da colagem entre imagem e legenda".[67] A ideia de "faísca da unidade" apoia-se em uma propriedade que pode ser descrita como uma forma de "correlação interpretativa", uma versão da noção de "intermídia", de Claus Clüver, que veremos mais detalhadamente adiante. Sumariamente, texto verbal e fotografia, em *A pintura em pânico*, são componentes relacionais interpretados como interdependentes e, nesse caso, sequer podem ser analisados separadamente:

> [...] fotomontagem e legenda em Jorge de Lima se referem manifestamente e mesmo se demandam um ao outro no ato da recepção, e, nos poucos casos em que coubesse pensar na autonomia poética da legenda ou plástica da imagem, o que se perderia com a abstração de um dos elementos é precisamente a relação entre eles, ou seja: a nova unidade ou conjunto formado por sua junção – a obra de arte enquanto tal.[68]

A PINTURA EM PÂNICO – EXPERIMENTO LITERÁRIO INTERMIDIÁTICO

A pintura em pânico é um exemplo de expansão, de livro-obra,[69] ou de fotolivro de literatura,[70] em que os "dísticos" (foto-poesia) combinam-se página a página. Segundo Rajewsky, a relação entre a fotomontagem e o texto verbal pode ser caracterizada como um caso de "combinação de mídias".[71] Essa classificação "é determinada pela constelação de mídias que constitui um determinado produto midiático, ou seja, o resultado ou o próprio processo de combinar pelo menos duas mídias convencionalmente distintas ou formas midiáticas de articulação".[72] Para Clüver, *A pintura em pânico* é (i) um caso intermídia e (ii) multimídia, dependendo da escala em que o observemos – intermídia quando examinado como um padrão de relações, e multimídia quando considerado o fato das fotomontagens terem sido utilizadas em outros anteriores trabalhos.

A fotomontagem apresentada abaixo (figura 5.4), por exemplo, foi capa do livro *A poesia em pânico*, de Murilo Mendes (figura 5.5, à direita) – "originalmente, Lima executou essa imagem para a capa do livro homônimo escrito por Murilo Mendes e publicado em 1937".[73] Anos mais tarde, a mesma fotomontagem volta a ser publicada, "dessa vez no livro de fotomontagens, e o dístico que a acompanha é alterado e escolhido como título de todo o conjunto".[74] Para Sacchettin, deve-se destacar "o jogo de referências e apropriações, manifestado na fotomontagem intitulada, não por acaso, *A poesia em pânico*"[75] (figura 5.6).

Figuras 5.4 e 5.5: Fotomontagem feita por Jorge de Lima e apresentada em *A pintura em pânico* (1943). Ao lado, a capa do livro *A poesia em pânico* (1937), de Murilo Mendes.

Figura 5.6: Página aberta do livro ***A pintura em pânico*** (1943).
Texto: “A poesia em pânico”.

Lima apropria-se da reprodução de uma gravura antiga (figura 5.7, abaixo à esquerda), exclui dela um elemento (cabeça da personagem feminina) e o substitui por outro (figura astronômica do planeta Saturno).

Figuras 5.7 e 5.8: Reprodução de uma gravura antiga (à esquerda) utilizada por Lima em sua colagem, apresentada ao lado.

Há também extrações verbais e colagens; por exemplo, quando retira a palavra "poesia" do título do livro *A poesia em pânico*, de Mendes, a substitui pela palavra "pintura" e "batiza seu próprio livro".[76]

Figuras 5.9 e 5.10: Capas dos livros ***A poesia em pânico*** (1937), de Murilo Mendes, e ***A pintura em pânico*** (1943), de Jorge de Lima.

Sobre a relação texto-fotomontagem, o dístico abaixo (figura 5.11) é um exemplo de orientação metassemiótica: "Ah, fui precipitado quando quis fundir as coisas numa só!". Neste dístico, "mesmo o contraste e o deslocamento irônicos, enquanto necessariamente modos de relação entre legenda e imagem, atuam como indicativos ou guias de uma leitura cujo sentido só se forma na súbita faísca da unidade resultante da colagem entre imagem e legenda".[77]

Figura 5.11: ***A pintura em pânico*** (1943).
Trecho: “Ah, fui precipitado quando quis fundir as coisas numa só!”.

Sobre o próprio mecanismo "fotomontagem = contraste ('encontro')", muito notável no exemplo mencionado acima, Ernst o descreve assim:

> (...) a exploração do encontro fortuito de duas realidades distantes em um plano não pertinente (que isto seja dito parafraseando e generalizando a célebre frase de Lautréamont: Belo como o encontro fortuito sobre uma mesa de dissecação de uma máquina de costura e de um guarda-chuva) ou, para usar um termo mais curto, a cultura dos efeitos de um estranhamento sistemático segundo a tese de André Breton: "A surrealidade será aliás função de nossa vontade de estranhamento em relação a tudo (...)".[78]

CONCLUSÃO

A pintura em pânico é um de nossos exemplos de obra literária expandida da segunda fase do modernismo, e nossa primeira experimentação literária baseada na fotomontagem. Combinadas, tais razões já deveriam ser motivo para uma análise cuidadosa de sua história e estrutura. Não é o que vemos. Desprezada pela historiografia e pela crítica, sua elaboração e implicações seguem mal compreendidas até hoje. Concorre, provavelmente, para tanta negligência, além de um desprezo congênito pela fotografia no domínio dos Estudos Literários, a posição duvidosa de seu autor, que oscila entre o sonetista católico neoparnasiano, "visionário e alucinado", o experimentador nutrido pelas vanguardas e o autor de "impulsos surrealizantes". Tal tensão não deveria, em nossa opinião, atuar em uma avaliação desvantajosa d'*A pintura em pânico*.

Exibimos aqui, introdutoriamente, a estrutura intermidiática da obra, e exploramos uma subdivisão, que deve ser adequada, em tipos e subtipos classificatórios desenvolvidos por Rajewsky, Müller e Clüver. Por fim, definimos sua estrutura fragmentária e surrealista, comparando-a às obras e à influência de Max Ernst (*La femme 100 têtes*, 1928; *Rêve d'une petite fille qui voulut entrer au Carmel*, 1930; *Une semaine de bonté ou les sept éléments capitaux*, 1934). Qualquer análise mais detalhada de *A pintura em pânico* deve situá-la nesse contexto criativo.

NOTAS

1 Bosi (2015: 349).
2 Bosi (2015: 349).
3 Bosi (2015: 348).
4 Stegagno-Picchio (2004: 546).
5 Bosi (2015: 349).
6 Rodrigues (2010: 7).
7 Rodrigues (2010: 7).
8 Stegagno-Picchio (2004: 544).
9 Schwartz (2013: 50).
10 Bosi (2015: 349).
11 Bosi (2015: 349).
12 Rodrigues (2010: 9-10).
13 Rodrigues (2010: 8).
14 Mendes (1943, prefácio de *A pintura em pânico*).
15 Schwartz (2013).
16 Stegagno-Picchio (2004 [1997]).
17 Stegagno-Picchio (2004: 547).
18 Sodré (1982: 549).
19 Chiarelli (2003: 67).
20 Chiarelli (2003: 67).
21 Chiarelli (2003: 67).
22 Chiarelli (2003: 67).
23 Chiarelli (2003: 67).
24 Chiarelli (2003: 69).
25 Camargo (1992: 47).
26 Chiarelli (2003: 69).

27 Chiarelli (2003: 69).

28 Chiarelli (2003: 69).

29 Chiarelli (2003: 70).

30 Zanini (1997); Chiarelli (2003: 70).

31 Chiarelli (2003: 70).

32 Chiarelli (2003: 70).

33 Rodrigues (2010: 10-11).

34 Rodrigues (2010: 10-11).

35 Andrade (1987: 9-10).

36 Rodrigues (2010: 10-11).

37 Fabris (2002: 144).

38 Tristão Ribas ("Fotomontagem de Imoralidades", em *A Notícia*, Rio de Janeiro, 22 de junho de 1943) escreve: "O que quer dizer por exemplo o senhor doutor Jorge de Lima com aquele homem com cara de burguês grave e sisudo engolindo um bicho que pelos modos teria sido um carneiro? Será um símbolo? Não se sabe. O que se vê, entretanto, é que o autor de tesoura em punho ajeitou as figuras de maneira a dar ao boneco uma feição de bandalheira. O carneiro, de nádegas raspadas à moda de cabeça de alemão, só à força de muito olhar é que é um carneiro. À primeira vista não passa de uma reprodução fidedigna de certo objeto obsceno muito usado em Pompéia na antiguidade".

39 Relato concedido em entrevista a José Queiroz Júnior, "Exposição de pinturas do poeta Jorge de Lima", 1945. Lima afirma, na entrevista: "Isto se dava por ocasião da exposição do grande Lasar Segall e os ataques a ele sempre se acompanharam de furiosas descomposturas a mim". O poeta refere-se à campanha do jornal carioca *A Notícia* contra a exposição de Segall no Museu Nacional de Belas Artes do Rio de Janeiro em 1943, campanha essa que visava igualmente o então ministro da educação Gustavo Capanema. Entre 13 de maio e 11 de junho daquele ano, "o jornal abriu espaço para todos os tipos de manifestações contra Segall, incluindo desde

protestos rancorosos de simpatizantes da pintura acadêmica pela introdução dos trabalhos de Segall num espaço consagrado aos 'mestres da pintura antiga' (Tristão Ribas, *A Notícia*, 18 de maio de 1943), até artigos xenófobos e anticomunistas, de inspiração evidentemente nazista" (*apud* Rodrigues, 2010: 11).

40 Andrade (1987: 9).

41 Mendes (1943, nota liminar).

42 Andrade (1987 [1939]); ver Chiarelli (2003). Trecho retirado do artigo *Fantasias de um poeta*, de Mário de Andrade, publicado pela primeira vez no *Suplemento em Rotogravura* n.146, *O Estado de São Paulo*, em 1939. Republicado em *O Poeta insólito: fotomontagens de Jorge de Lima*, de Ana Maria Paulino, no ano de 1987, nas páginas 9-10.

43 Silva (2013: 8).

44 Kordic (et al, 2016).

45 Rodrigues (2010: 8).

46 Rodrigues (2010: 8).

47 Rodrigues (2010: 8).

48 Andrade (2010 [1943]: 19).

49 Stegagno-Picchio (2004: 547).

50 Mas, ao mesmo tempo, para Sacchettin (2018: 11), a obra parece também não estar bem alinhada a certas tendências de sua época — *A pintura em pânico* (1943) tampouco parece estar em casa no contexto mais amplo da produção brasileira de artes visuais daquele período. Colocado sobre esse pano de fundo, o álbum de Jorge de Lima situa-se equidistante de todas as tendências ao seu redor, distinguindo-se do que estava sendo feito, por exemplo, no Rio de Janeiro (Núcleo Bernardelli, a pintura de Portinari) ou em São Paulo (Grupo Santa Helena, Clube dos Artistas Modernos - CAM, Sociedade Pró-Arte Moderna - SPAM). Dada essa situação, o modo possível de relacionar as fotomontagens de Lima com a produção artística brasileira seria via surrealismo. Ou, melhor dizendo, 'um

certo' surrealismo, pois a recepção dessa vanguarda europeia no Brasil conferiu-lhe características peculiares, sendo uma delas — talvez a mais intrigante — a associação com o catolicismo redivivo dos anos 1930, do qual Jorge de Lima participou".

51 Rodrigues (2010: 9-10).

52 Rodrigues (2010: 11).

53 Rodrigues (2010: 11).

54 Rodrigues (2010: 11).

55 Sacchettin (2018: 92). A noção surrealista de "imagem poética" foi formulada em 1924 no *Manifesto do Surrealismo*: "A imagem é uma criação pura do espírito. Ela não pode nascer de uma comparação, mas da aproximação de duas realidades mais ou menos afastadas. Quanto mais as relações das duas realidades aproximadas forem longínquas e justas, mais a imagem será forte, mais força emotiva e realidade poética ela terá" (Pierre Reverdy, Nord-Sud, março de 1918, *apud* Breton, "Manifesto do Surrealismo": 35).

56 Sacchettin (2018: 92).

57 Dístico é um termo utilizado pelo próprio Jorge de Lima para referir-se à combinação dos pequenos textos às fotomontagens. Ele evita termos como "legendas" ou "títulos", frequentes na bibliografia a respeito das fotomontagens limianas.

58 Mendes (2010: 20); ver Assunção (2003: 55).

59 Chiarelli (2003: 74).

60 Sacchettin (2018: 84).

61 Sacchettin (2018: 92).

62 Rodrigues (2010: 12).

63 Assunção (2003: 56).

64 Rodrigues (2010: 13).

65 Arbex (1999: 87).

66 Assunção (2003: 61).

67 Assunção (2003: 61).

68 Assunção (2003: 62).

69 Silveira (2008: 46).

70 Fernandes (2021).

71 Rajewsky (2010: 55).

72 Rajewsky (2010: 55); (2005: 52).

73 Sacchettin (2018: 35).

74 Sacchettin (2018: 35).

75 Sacchettin (2018: 35).

76 Sacchettin (2018: 35).

77 Assunção (2003: 62).

78 Ernst (1970: 253-254).

6

CONCLUSÃO

– INVENTANDO O FOTOLIVRO DE LITERATURA

O fotolivro de literatura brasileira ainda é um fenômeno quase desconhecido. Quando afirmamos, na introdução, que nossa ambição era fornecer um cenário teórico para observação do fotolivro de literatura e, a partir daí, estabelecer um padrão de atividade (analítica) capaz de colocá-lo "em perspectiva crítica e histórica", nós não exageramos. Mas, mais modestamente, esse é só o início da conversa. Ao mesmo tempo, nós ampliamos nossas pretensões e, consequentemente, nosso escopo de interesses.

AFINAL, O QUE É O FOTOLIVRO DE LITERATURA?

Minha obsessão por categorização – ou mais generosamente, minha obsessão por compreensão.

Clive Phillpot (2004)

Essa pergunta é formulada todas as vezes que o tema "fotolivro de literatura" é abordado, em congressos, mostras e festivais, artigos acadêmicos ou de divulgação – "mas, afinal, o que é o fotolivro de literatura?". A pergunta se subdivide, com frequência, em muitas outras. Para mencionar apenas algumas: o que distingue o fotolivro de literatura do livro comum? Por que álbuns de fotos, catálogos ou livros de (ou com) fotografia não são fotolivros? Que relações podem ser estabelecidas entre o livro de artista e o fotolivro, e entre estes e o fotolivro de literatura?

No terceiro capítulo deste livro, vimos que existem muitas tentativas para identificar, e para estabelecer, como "critério operacional", quais livros (de fotografia, com fotografias) são, e quais não são, fotolivros de literatura. Cria-se, a partir desse exercício de distinção e categorização, um padrão de atuação (reconhecimento, seleção e analogia) que ajuda a identificar obras e agrupá-las por similitude de aspectos, componentes, situações históricas, e interpretações. Mas, como observa Maffei, há muitas dificuldades em fazê-lo:

> A história e as áreas [de pesquisa] têm gerado categorias imprecisas, forçosamente rígidas (...). Livro ilustrado, livro de pintor, livro de arte, livro de objeto, livro de artista - definições ampliadas por um uso diferente em diferentes linguagens - são algumas das caixas críticas nas quais se pretende classificar o assunto. Aqui, a intenção não é fazer uma viagem tediosa pelas diferenças, mas, de qualquer forma, esta exposição e este catálogo não podem escapar ao problema e exigem esclarecimentos sobre o gênero das obras em discussão. E então, nada mais resta senão colocar a questão banal que sintetiza os problemas, dúvidas e contradições que isso acarreta: o que é um livro de artista? Essa é a questão, o foco central e o próprio título da exposição.[1]

Também vimos como a definição de fotolivro fornecida por uma das instituições que mais se dedica ao fenômeno, o Museu Reina Sofía ("Livro que contém um conjunto de imagens fotográficas ordenadas com determinado ritmo visual de modo a produzir uma sensação de narrativa próxima à literatura e ao cinema"),[2] não exibe uma distinção clara com relação ao álbum de fotos, ao catálogo ou ao livro de (ou com) fotografias. Termos como "casamento estreito", "mescla singular", "mundo próprio", como vimos na introdução, utilizados para tratar da relação entre palavra e imagem, e, mais especificamente, texto verbal e fotografia, também não a exibem. Esses termos cumprem uma função local, descritiva, muito restrita, e servem a uma estratégia inicial de abordagem do fenômeno, cercando-o de vagas metáforas epistêmicas. A questão é se realmente precisamos de mais do que uma proliferação de metáforas para fazer uma distinção do fenômeno, para defini-lo, ainda que inicialmente, para ser utilizado em uma atividade teórica que possua algum padrão de comparação e controle.

Wolf, comentando as mudanças terminológicas nos Estudos da Intermidialidade, é enfático sobre a importância de realizar certas escolhas. Para o autor, a opção por um ou outro termo teórico ou conceito jamais deve ser encarada como uma atitude inocente, frugal, uma "mera troca de um rótulo por outro mais em moda" – "nomear nunca é uma atividade inocente, especialmente quando serve para localizar uma subdisciplina em campos discursivos específicos".[3] A esta altura, deve estar claro que concordamos com Wolf.

Uma nomeação, atribuição de tipo, classe, ou gênero, parece estar na origem do problema, que tende a ser confundido com uma disputa estéril, meramente terminológica. Mas a atribuição de um tipo, ou gênero, não resulta apenas na nomeação de uma classe. Um nome não é apenas uma etiqueta. Ele possui uma história, e revela uma coleção de propriedades, de normas, e um sistema, ou "horizonte", de expectativas, porque esperamos encontrar certas coisas (e não outras), entidades, estruturas, dinâmicas, dependendo da obra, ou família de obras, que observamos – "[...] a história que se pode contar a respeito de uma dada obra depende do que os teóricos chamam de 'horizonte de expectativas' do leitor".[4]

O que Higgins, Plaza, Phillpot ("Minha obsessão por categorização [...] minha obsessão por compreensão"), ao criarem nomenclaturas para o livro, estão fazendo, é tentando estabelecer modelos para examinar suas variações e histórias. São eles (os modelos) que permitem construir cenários de explicação. É assim também com Rajewsky, Clüver e Morley (ver o segundo capítulo, Intermidialidade).

INVENTANDO O FOTOLIVRO DE LITERATURA

Devemos insistir na questão – como as classes e as classificações estão relacionadas com os fenômenos classificados? Ou "como novos modos de classificar criam, ou eliminam, possibilidades para a ação?".[5] ("Possibilidade para ação" ou "disposição para ação", em um sentido bastante pragmatista, como um método para ação.) Há aqui a sugestão de um *looping* causal entre "modos de classificar" e fenômenos classificados. O filósofo da ciência, Ian Hacking, numa discussão sobre a estrutura do nominalismo, uma discussão que pode ter muitas consequências em nossa abordagem, fala de uma "interação de mão dupla" entre o fenômeno classificado e a própria classificação – "como as classificações de pessoas afetam as pessoas classificadas, como mudamos em virtude de sermos classificados, e como as maneiras como mudamos têm um efeito de *feedback* sobre nossos próprios sistemas de classificação?".[6] Para Hacking, certas pessoas ou grupos de pessoas – por exemplo, pervertidos, "mentes cindidas" etc. – "passam a existir na mesma hora em que tipos de pessoas passam a existir de modo a se encaixarem nessas categorias".[7]

> Existiam pervertidos antes do final do século dezenove? De acordo com Arnold Davidson, "A resposta é não... A perversão não era uma doença que estava de alcateia na natureza, esperando por um psiquiatra com poderes especialmente

> aguçados de observação que a descobrisse escondida em toda parte. Foi uma doença criada por um novo entendimento (funcional) de doença" (Davidson, 2001, p. 24).[8]

O interesse por essa dinâmica causal não é apenas filosófica, acontecendo em domínios abstratos. Ela envolve os "modos como as pessoas são entendidas, governadas e veem a si mesmas".[9] Mas o que significa supor que a nomeação de uma classe ou gênero – por exemplo, o "Fotolivro de Literatura" – tenha "inventado" um fenômeno? (Este é o núcleo mesmo de boa parte de nossos interesses nesse livro.) Significa que, ao identificar certas propriedades, estruturas e componentes de uma obra, e, ao classificá-la ("este é um fotolivro de literatura"), inventamos a própria obra, como pertencente a uma classe. A classe, então, cria uma morfologia para observação, crítica e análise; cria um substrato morfológico em que a própria observação é uma atividade regular, estável, podendo ser replicada. (Essa é uma tese forte. Ela é distinta da metáfora da "lente", ou "janela", para o "objeto".) Obras passam a ser reconhecidas como pertencentes a uma certa morfologia, com instituições especializadas (crítica, curadoria, editais, intérpretes, audiência) que lhes conferem existência, e que, por sua vez, são produzidas a partir de repertórios aceitos, horizontes de expectativas, normas adotadas por certas instituições. Esses padrões podem se tornar cada vez mais sofisticados. Isso tem sido chamado de Teoria da Rotulação. Simplificadamente, ela afirma que a realidade, ou certos segmentos da realidade, são estruturados (e ganham estabilidade) através de rótulos que atribuímos aos fenômenos, às pessoas, ações, e comunidades.[10] Como já afirmamos, uma "disputa terminológica" também reflete uma disputa pela melhor região "ontológica e histórica".[11]

A questão é como esta discussão é relevante aqui, e como se adequa aos nossos propósitos. *Os Sertões*, como projeto intermidiático, e como fotolivro de literatura, não existe (ao menos até aqui) como um fenômeno observável. Ele não existe como um padrão estável e distinto de atividade literária intermidiática (ou atividade multimodal). Isso explica o descaso histórico, e editorial, com a macroestrutura da obra e do livro, no mínimo displicente, que exibe uma atitude casuística em sua organização; explica a subtração de fotos e mapas, a alteração de suas localizações na obra, e até sua substituição por ilustrações e fotos de outros ilustradores, cartógrafos e fotógrafos. E explica porque, ainda hoje, sabemos relativamente tão pouco sobre a relação entre texto verbal e fotos, texto e mapas e desenho. Não nos referimos apenas à análise e à história das relações entre estes sistemas e processos em *Os Sertões*, antes e a partir dele. Mesmo questões aparentemente triviais ainda são obscuras – como e por quê três fotografias, entre quase setenta de Flávio de Barros, foram selecionadas? Quem as selecionou? Euclides? Flávio de Barros teria participado da seleção? Em que critérios se baseiam a seleção das fotos? Mapas? Desenho?

Não nos deve surpreender que *Os Sertões* do crítico José Veríssimo não seja o mesmo que encontramos hoje, depois de mais de um século de leitura. Que Veríssimo, Araripe Júnior e Afrânio Coutinho não tenham considerado desenho, mapas e fotos sequer como artefatos submetidos às experiências "transgressoras" que definem a obra de Euclides (como sugere Haroldo de Campos) é fácil de compreender – a fotografia, para um crítico do início do século XX, é um aparato tecnocientífico de cópia da realidade, e o fotógrafo um funcionário submetido às instruções de seu uso.

A macroestrutura d'*Os Sertões* não tem fornecido, até hoje, informações importantes sobre sua "tecnografia própria", como Euclides a chamou, cuja ontologia histórica relacionamos às experiências intermidiáticas de um fotolivro de literatura. Outra questão é se há espaço para esta região ontológica, "no extenso acervo da literatura crítica de *Os Sertões*, tão saturado que parece deixar pouco espaço para alguma nova vereda [...]", como Augusto de Campos teria sugerido sobre outra descoberta, ao fim dos anos 1990 – há, n'*Os Sertões*, estruturas métricas de versificação.[12] Uma região ontológica (fotolivro de literatura) constitui o "leitor" através de artefatos de observação e análise que possuem trajetórias históricas e que incluem o que chamamos de teorias e modelos.

PARA QUÊ TEORIAS E MODELOS?

É truísmo afirmar que modelos fornecem apoio, ou suporte (*scaffolding*), à investigação. Modelos permitem manter sob controle diversas etapas de uma explicação, de uma descrição ou análise – identificação das premissas, dos principais componentes de uma abordagem, das formas como podem ser desenvolvidos, de caracterização histórica do fenômeno observado, de conexões entre muitas propriedades identificadas no fenômeno. Assim, compreendemos melhor um fenômeno (mal conhecido ou desconhecido), variando nossa observação baseada no(s) modelo(s), e comparando seus resultados. Uma interação entre diferentes abordagens e modelos sempre se beneficia disso. Um teórico, crítico ou historiador da literatura pode examinar nossas conclusões sobre *Os Sertões* e discordar imediatamente dos resultados, assumindo que a "irredutibilidade" relacional que caracteriza a obra como um fotolivro não se aplica às relações (foto-prosa) observadas, e que a propriedade de colocalização foto-texto verbal não é parte fundamental, nem necessária, de um projeto. Isso lhes dá a vantagem do atalho criado pela teoria e pelo modelo, e nos dá a vantagem de saber do que o argumento se nutre, contra ou a favor.

Pode-se perguntar: como nossas análises contribuem para um argumento geral sobre a identificação do fotolivro de literatura como uma classe, ou categoria? A irredutibilidade da relação fotografia-texto verbal, para um intérprete, assegura que ela não pode ser decomposta (quebrada em relações mais simples). Chamamos esta relação de combinação e de colocalização. Ao padronizar a análise em uma atividade regulada por termos e modelos, além de revelar novas informações sobre o fenômeno, o que essas ferramentas permitem fazer é criar um espaço de comparação entre as análises e exemplos que acontecem em diferentes períodos temporais e movimentos artísticos-literários, em muitas fases históricas, ou entre diferentes autores.

INTERMIDIALIDADE COMO CATEGORIA

As categorias de Clüver (multimídia, mixmidia e intermídia) descrevem relações de dependência entre mídias. Elas (categorias) baseiam-se em relações de subordinação, coordenação e correlação, que são também uma distinção entre relações, em termos hierárquicos. Trata-se de uma classificação intérprete-dependente, que prevê variações no tempo, uma ferramenta de interação entre mídias com ênfase em diversas formas de "ordenação" palavra-imagem. Como uma espécie de ação interpretativa, esta ferramenta "coordenação-subordinação-correlação" contrasta com as ferramentas mais ortodoxas dos Estudos de Intermidialidade, e pode ser encarada como uma contribuição deste trabalho. As noções desenvolvidas por Rajewsky, Clüver e Morley, por exemplo, baseiam-se no uso dos prefixos "inter" e "trans", que são posicionais, mas não sugerem qualquer dimensão interpretativa. O mesmo acontece com o prefixo "multi", que indica quantidade, mas nenhum tipo de ação ordenada. São termos estáticos.[13]

Em nossa proposta, os casos tipificados por Clüver como: (1) multimídia, podem ser caracterizados como "coordenação interpretativa", quando foto e texto verbal são de relevância, ou importância, equivalente; (2) mixmídia, ou de "subordinação interpretativa", quando uma mídia é interpretada como subordinada à outra, mais relevante ou importante; e (3) intermídia, ou "correlação interpretativa", quando as mídias são interpretadas como interdependentes, em um tipo necessário de coexistência.

Sobre as diversas edições de *Os Sertões*, por exemplo, de acordo com essa abordagem, as classes (coordenação-subordinação-correlação) podem funcionar como categorias críticas de distinção para indicar trajetórias editoriais específicas, assim como muitas das posições da fortuna crítica.

ONDE ESTÃO OS FOTOLIVROS DE LITERATURA NA HISTÓRIA DA LITERATURA?

É notável a omissão (teórica, crítica, histórica) dos fotolivros de literatura.[14] Apenas muito recentemente o cânone ibero-americano passou a reconhecer fotolivros como obras fundamentais. Para que o leitor tenha uma ideia, são estes alguns casos, de uma lista que está muito longe de ser exaustiva: *Rua*, de Guilherme de Almeida e Eduardo Ayosa (Brasil, 1961); *Versos de salón*, de Nicanor Parra (Chile, 1962); *Paranoia*, de Roberto Piva e Wesley Duke Lee (Brasil, 2000 [1963]); *Una casa en la arena*, de Pablo Neruda e Sergio Larraín (Chile, 1966); *Los cachorros*, de Mario Vargas Llosa e Xavier Miserachs (Peru/Espanha, 1967); *Poeta en Nueva York*, de Federico García Lorca, Oriol Maspons e Julio Ubiña (Espanha, 1967); *La vuelta al dia en ochenta mundos*, de Julio Cortázar (Argentina, 1967); *O mergulhador*, de Vinícius de Moraes e Pedro de Moraes (Brasil, 1968); *La ciudad de las columnas*, de Alejo Carpentier e Paolo Gasparini (Espanha, 1970); *Prosa del observatorio*, de Julio Cortázar, com fotos do próprio Cortázar (Argentina, 1972); *La nueva novela*, de Juan Luis Martínez (Chile, 1977); *Quarenta clics em Curitiba*, de Paulo Leminski e Jack Pires (1976, Brasil); *O domador de boca*, de Ivald Granato, Ulises Carrión, Julio Wakahara e Massao Ohno (1978, Brasil); *O mez da grippe*, de Valêncio Xavier (Brasil, 1981); *El infarto del alma*, de Paz Errázuriz e Diamela Eltit (Chile, 1994); *La foto del invernadero*, Reina María Rodríguez (Cuba, 1998); *Shiki Nagaoka*, de Mario Bellatin (México, 2001); *ET EU TU*, de Arnaldo Antunes e Marcia Xavier (Brasil, 2003), *Fotopoemas*, de Sergio Marras com textos de Nicanor Parra (Chile, 2015). Grande parte dessas obras, e muitas outras, ainda aguardam um tratamento capaz de revelar as intrincadas relações entre texto verbal e fotografia.

O fato mais surpreendente é que elas mal aparecem nas principais seleções de nossa história literária ou em antologias críticas. Não há qualquer alusão a experimentos com fotografia na *Formação da literatura brasileira* (2000 [1975]), de Antonio Candido, ou na *História concisa da literatura brasileira* (2015 [1970]), de Alfredo Bosi, nem em *De Anchieta a Euclides, breve história da literatura brasileira* (1979 [1977]), de José Guilherme Merquior. No *História da literatura brasileira*, de Luciana Stegagno-Picchio (2004 [1997]), a palavra "fotografia" aparece apenas em duas ocasiões, e em uma delas para tratar de um Jorge de Lima "menor" - "o outro Jorge de Lima, o narrador, o ensaísta e o biógrafo, mas também o poeta e o fotógrafo de incríveis e moderníssimas fotomontagens surrealistas, é amplamente superado pelo Jorge de Lima poeta (...)".[15] Também é o que encontramos no *História da literatura brasileira* (1982), de Nelson Werneck Sodré, sobre uma literatura "empobrecida" quando mais próxima da fotografia: "De tudo tratando de forma objetiva, quase naturalista, aproximando-se da reprodução fotográfica e por isso mesmo empobrecida enquanto arte".[16]

O FOTOLIVRO DE LITERATURA EM PERSPECTIVA HISTÓRICA

Uma implicação talvez ainda mais radical de nossa abordagem aqui sugere algo como o "sequestro do fotolivro de literatura", em uma referência direta ao que Haroldo de Campos chamou de "sequestro do barroco", e de Gregório de Mattos, que teria sido ativamente subtraído da história literária brasileira – "nessa aparente contradição entre presença (pregnância) poética e ausência histórica, que faz de Gregório de Mattos uma espécie de demiurgo retrospectivo".[17] Uma apropriação da ideia de Haroldo sobre uma "presença subtraída", ou "ausência histórica",[18] do fotolivro de literatura, um fenômeno "abolido no passado para melhor ativar o futuro"[19] – "[estando] em jogo não apenas a questão da 'existência' (em termos de influência no devir factual de nossa literatura), mas, sobretudo, a da própria noção de 'história' que alimenta a perspectiva segundo a qual essa existência é negada".[20] Em "perspectiva histórica",[21] o fotolivro de literatura é uma "presença subtraída" – a arquitetura macroscópica do clássico de Euclides, ou os "impulsos surrealizantes" de Jorge de Lima, para mencionar apenas os fenômenos que abordamos aqui – "[...] uma não-existência (enquanto valor 'formativo' em termos literários)".[22] Essa presença subtraída do fotolivro de literatura, ou ainda mais geral, de muitas de nossas experiências expandidas, multimodais e intermidiáticas que envolvem fotografia, de Mário e Oswald de Andrade, até Valêncio Xavier, Décio Pignatari, Maureen Bisilliat, Gibi Cardoso, para ativar influências subtraídas do "devir factual de nossa literatura", e para criticar uma perspectiva, que chamamos aqui de "região ontológica", segundo a qual a existência do fotolivro de literatura é negada.

NOTAS

1 Maffei (2014: 12).

2 Ver site Museu Reina Sofía, seção Fotolibros, 2017: https://www.museoreinasofia.es/biblioteca-centro-documentacion/coleccion-biblioteca-fotolibros.

3 Wolf (2020: 215). Tradução de Flávio Barbeitas (2020: 215) do texto "Musicalized Fiction and Intermediality: tTheoretical Aspects of Word and Music Studies", de Werner Wolf, retirado do livro *Word and Music Studies: Defining the Field*. Walter Bernhart, Steven Paul, Scher e Werner Wolf (orgs.), Amsterdã, Atlanta, Rodopi, 1999: 37-58.

4 Culler (1999: 66).

5 Hacking (2009: 115).

6 Hacking (2009: 115).

7 Hacking (2009: 63).

8 Hacking (2009: 116).

9 Hacking (2009: 115).

10 Hacking (2009: 120).

11 Evidentemente, estamos simplificando, para nosso propósito, uma discussão bastante técnica, travada no ambiente de filosofia da ciência, sobre diversas formas de realismo científico. Para mais detalhes, sobre esta discussão, ver Hacking (2012, 2009, 2000).

12 Augusto de Campos (1997: 11) atribui essa descoberta a Guilherme de Almeida, de uma publicação de 1946.

13 Esta é uma ideia sugerida (com. pessoal) pelo pesquisador Pedro Atã (Dept. Linguística, Free State University, África do Sul). Trata-se de uma ideia que deve ser desenvolvida em novos trabalhos.

14 Ver: Fernandes, Schøllhammer, Queiroz (2021); Fernandes (2021); Fernandes, Queiroz, (2019, 2017); Fernandes et al (2016).

15 Stegagno-Picchio (2004: 547).

16 Sodré (1982: 549).

17 Haroldo de Campos (1989: 10).

18 Campos (1989: 10).

19 Campos (1989: 10).

20 Campos (1989: 10).

21 Campos (1989: 10).

22 Campos (1989: 10).

7

REFERÊNCIAS

AGUILAR, Gonzalo; CÁMARA, Mario. *A máquina performática: a literatura no campo experimental.* Rio de Janeiro: Rocco, 2017.

ALMEIDA, Cícero Antônio. O sertão pacificado ou o trabalho de Flávio de Barros no front. *Cadernos de Fotografia Brasileira.* Rio de Janeiro: IMS. p. 270-299, 2002.

ALMEIDA, Cícero Antônio. O álbum fotográfico de Flávio de Barros: memória e representação da Guerra de Canudos. *Revista História Ciência Saúde - Manguinhos*, n. 5, p. 305-315, 1998.

ALMEIDA, Cícero Antônio. *Canudos:* imagens da Guerra. Rio de Janeiro: Lacerda Editores, 1997.

ANDRADE, Joaquim Marçal Ferreira. O livro fotográfico no Brasil - alguns comentários. *Revista do Livro da Biblioteca Nacional*, v. 55, p. 203-211, 2015.

ANDRADE, Joaquim Marçal. *História da fotorreportagem no Brasil.* Rio de Janeiro: Elsevier, 2004.

ANDRADE, Mário. Fantasias de um poeta. In: LIMA, Jorge. *A pintura em pânico.* Rio de Janeiro: Caixa Cultural, 2010 [1943], p. 19-20.

ANDRADE, Olímpio de Souza. *Caderneta de campo / Euclides da Cunha: introdução, notas e comentário de Olímpio de Souza Andrade.* Rio de Janeiro: Fundação Biblioteca Nacional, 2009.

ANDRADE, Oswald (2002 [1943]). Feira das sextas atualidade

d'Os Sertões. *Sala Preta*. Disponível em: <https://www.revistas.usp.br/salapreta/article/view/57091>. Acesso em 05 de agosto de 2024.

ANSÓN, Antonio. La fotografía en la literatura hispanoamericana. *Anales de Literatura Hispanoamericana*, v. 39, p. 265–279, 2010.

ASSUNÇÃO, Teodoro Rennó. Fotomontagem e colagem poética em Jorge de Lima. *O Eixo e a Roda*, v. 9, p. 53–73, 2003/2004.

ARBEX, Márcia. Le procédé du collage dans l'œuvre de Max Ernst. *Caligrama*, n. 3, p.79–92, 1998/1999.

AZEVEDO, Aroldo. Os Sertões e a geografia. *Boletim Paulista de Geografia*, n. 5, p. 23–44, 1950.

BADGER, Gerry. Por que fotolivros são importantes / Why photobooks are important. *Revista Zum*, 2015. Disponível em: <https://revistazum.com.br/en/zum-magazine-8/why-photobooks-are-important/>. Acesso em 05 de agosto de 2024.

BASTAZIN, Vera. José Saramago: hibridismo e transformação dos gêneros literários. *Nau literária:* revista eletrônica de crítica e teoria de literaturas, v. 2, n. 2, p. 1-14, 2006.

BELLO, Patrizia Di; Wilson, Colette; Zamir, Shamoon. *The photobook:* from Talbot to Ruscha and beyond. Londres: IB Tauris, 2012.

BOOM, Mattie; PRINS, Ralph. *Photography Between Covers:* The Dutch Documentary Photobook after 1945. Amsterdam: Fragment Uitgeverij, 1989.

BOUISSAC, Paul. *Saussure:* um guia para os perplexos. Petrópolis: Editora Vozes, 2012.

BOSI, Alfredo. *História concisa da literatura brasileira.* São Paulo: Cultrix, 2015 [1970].

BRAGANÇA, Aníbal. Revisões e provas: notas para a história editorial de Os Sertões de Euclydes da Cunha: as edições Francisco Alves. *Revista de História das Ideias.* Coimbra, v. 20, p. 337–352, 1999.

BRAGANÇA, Aníbal. Lendo a história editorial de Os Sertões de

Euclides da Cunha: as edições Laemmert. FREITAS, Marcos Cezar (ed.). *Horizontes:* dossiê memória social da leitura. Bragança Paulista: Universidade São Francisco, 1997, p. 155–179.

BRETON, André. *Oeuvres complètes v. II*. Paris – Bibliothèque de la Pléiade: Gallimard, 1992. [Avis au lecteur pour *La Femme 100 têtes* de Max Ernst, p. 302–306].

BRITTO, Ludmila da Silva Ribeiro. *A poética multimídia de Paulo Bruscky*. 220f. Dissertação (Mestrado) – Escola de Belas Artes da Universidade Federal da Bahia, Salvador, 2009.

BRIZUELA, Natalia. *Depois da fotografia*: uma literatura fora de si. Rio de Janeiro: Rocco, 2014.

BRODSKY, Marcelo; CANNABRAVA, Iatã; MARTIN, Lesley; PARR, Martin; REVERTÉ, Ramón. Apresentação. *Fotolivros Latino-americanos*. São Paulo: COSACNAIF. p.7., 2011.

BRUNET, François. *Photography and Literature*. Londres: Reaktion Books, 2009.

BURGI, Sérgio. Guerra de Canudos pelo fotógrafo Flávio de Barros. *Enciclopédia Itaú Cultural*, 2015. Disponível em: <https://brasilianafotografica.bn.gov.br/?p=3002>. Acesso em 05 de agosto de 2024.

CABALLERO, Marcelo. Palabra e imagen. *Miradas cómplices*. 2011. Disponível em: <https://marcelocaballero-fotografia.blogspot.com/2011/12/palabra-e-imagen-una-combinacion.html>. Acesso em 05 de agosto de 2024.

CADÔR, Amir Britto. A fotografia e a palavra no livro de artista. *MATLIT*: materialidades da literatura. Belo Horizonte: Universidade Federal de Minas Gerais, 2021, p. 18-36.

CAMARGO, Mônica Junqueira. *Fotografia*: cultura e fotografia paulista no século XX. São Paulo: Secretaria Municipal de Cultura, 1992.

CAMPOS, Augusto. *Poética de Os Sertões*. São Paulo: AnnaBlume, 2010.

CAMPOS, Augusto. Transertões. In: CAMPOS, Augusto; CAMPOS, Haroldo (eds.). *Os Sertões dos Campos:* duas vezes Euclides. Rio de Janeiro: Livraria 7Letras, 1997, p. 11–34.

CAMPOS, Haroldo. *Ideograma:* lógica, poesia, linguagem. São Paulo: Editora USP, 2000.

CAMPOS, Haroldo. Da transgermanização de Euclides: uma abordagem preliminar. In: CAMPOS, Augusto; CAMPOS, Haroldo (eds.). *Os Sertões dos Campos:* duas vezes Euclides. Rio de Janeiro: Livraria 7 Letras, 1997. p. 51–68.

CAMPOS, Haroldo. *A arte no horizonte do provável.* São Paulo: Editora Perspectiva, 1972.

CAMPOS, Haroldo. Haicai: homenagem à síntese. In: CAMPOS, Haroldo. *A arte no horizonte do provável.* São Paulo: Perspectiva, 1977. p. 55–62.

CAMPOS, Haroldo. Paulo Leminski. In: LEMINSKI, Paulo. *Toda poesia.* São Paulo: Companhia das Letras, 2013. p. 384–385.

CASTILLO, Miguel. 5 livros em que poesia e fotografia se encontram, 2019. Disponível em: <https://migueldelcastillo.org/post/182660087217/5-livros-em-que-poesia-e-fotografia-se-encontram>. Acesso em 04 de agosto de 2024.

CARRIÓN, Ulises. *A nova arte de fazer livros.* Belo Horizonte: C/Arte, 2011 [1975].

CARVALHO, Ricardo; LOULA, Angelo; QUEIROZ, João. Identificação automática de estruturas métricas de versificação na prosa literária de Euclides da Cunha. *Revista Estudos da Linguagem*, v. 28, n. 1, p. 41–68, 2020.

CASTLEMAN, Riva. *A Century of Artists' Books.* New York: The Museum of Modern Art, 1994.

CHARTIER, Roger. *Os desafios da escrita.* São Paulo: Unesp, 2002.

CHARTIER, Roger. *A ordem dos livros.* Brasília: UNB, 1999.

CHAVES, Flávio Loureiro. Os Sertões: da crise à tragédia. In: CHAVES, Flávio Loureiro; CESAR, Guilhermino; SCHULER, Donaldo (eds.). *Euclides da Cunha*. Porto Alegre: UFRGS, 1966.

CHIARELLI, Tadeu. A fotomontagem como introdução à arte moderna: visões modernistas sobre a fotografia e o surrealismo. *ARS*, v. 1, n. 1, p. 67–81, 2003.

COLBERG, Jörg. *Understanding Photobooks:* The Form and Content of The Photographic Book. New York: Routledge, 2017.

COUTINHO, Afrânio. Os Sertões: obra de ficção. In: COUTINHO, Afrânio (ed.). *Euclides da Cunha, obra completa*. Rio de Janeiro: Nova Aguilar, 1995 [1952]. p. 57–62.

CLÜVER, Claus. Ekphrasis and Adaptation. In: *The Oxford handbook of adaptation studies*, Oxford: Oxford University Press, 2017. p. 459–476.

CLÜVER, Claus. Intermidialidade. *Revista de Pós-graduação em Artes da Escola de Belas Artes da UFMG*, p. 8–23, 2011.

CLÜVER, Claus. Intermediality and Interart Studies. In: ARVIDSON Jens; ASKANDER, Mikael; BRUHN, Jørgen; FÜHRER Heidrun (eds.). *Changing borders*: contemporary positions in intermediality. Intermedia Studies Press 1, 2007. p. 19–37.

CLÜVER, Claus. Inter textus / Inter artes / Inter media. *Aletria*: Revista de Estudos de Literatura, n. 14, p. 11–41, 2006.

CULLER, Jonathan. *Teoria literária:* uma introdução. São Paulo: Beca Produções Culturais, 1999.

DERDYK, Edith. Entre ser um e ser mil. In: DERDYK, Edith (ed.). *Entre ser um e ser mil:* o objeto livro e suas poéticas. São Paulo: Senac São Paulo, 2013. p. 9–15.

DRUCKER, Johanna. *The Century of Artists' Books*. New York: Granary Books.1995.

ERMAKOFF, George. *Juan Gutierrez:* imagens do Rio de Janeiro 1892-1896. Rio de Janeiro: Capivara, 2001.

ELLESTRÖM, Lars. The modalities of media: a model for understanding intermedial relations. In: ELLESTRÖM, Lars (ed.). *Media borders, multimodality and intermediality*. Houndmills: Palgrave Macmillan, 2010. p. 11-48.

ELLESTRÖM, Lars. Transmediation: Some Theoretical Considerations. In: ELLESTRÖM, Lars (ed.). *Transmediations: Communication Across Media Borders*. London: Routledge, 2019. p. 1-13.

ENTLER, Ronaldo. Sobre fantasmas e nomenclaturas: fotolivros. *Icônica*, 2015. Disponível em: <https://www.iconica.com.br/site/series/sobre-fantasmas-e-nomenclaturas-portfolio-ensaio-autoral-e-fotolivros/>. Acesso em 04 de agosto de 2024.

ERNST, Max. Écritures. Paris: Gallimard, 1970.

ETCHEVERRY, Carolina. Depois da fotografia: uma literatura fora de si, Natalia Brizuela. *História*: debates e tendências, n. 16, p. 497-500, 2016.

FABRIS, Annateresa. Fotomontagem e surrealismo: Jorge de Lima. *Revista USP*, n. 55, p. 143-151, 2002.

FERNANDES, Ana Luiza. *Quarenta Clics em Curitiba*: análise das relações entre fotografia e haicai no fotolivro de Paulo Leminski e Jack Pires. 157f. Dissertação (Mestrado) - Departamento de Comunicação, Universidade Federal de Juiz de Fora, Juiz de Fora, 2016.

FERNANDES, Ana Luiza; QUEIROZ, João. Relação foto-poesia em fotolivros de literatura: uma análise do quarenta clics em Curitiba. *Revista Estudos da Linguagem*, v. 27, n. 3, p. 1137-1166, 2019.

FERNANDES, Ana Luiza; QUEIROZ, João. O altersense do haicai. *Letras de hoje*, v. 53, n. 2, p. 297-305. 2018.

FERNANDES, Ana Luiza; QUEIROZ, João. Quarenta anos do quarenta clics em Curitiba, de Leminski & Pires. *Revista Estudos de Literatura Brasileira Contemporânea*, n. 51, p. 206-220, 2017.

FERNANDES, Ana Luiza, VITÓRIO, Ana Paula; QUEIROZ, João. Quarenta clics em Curitiba: os haicais intermidiáticos de Leminski e

Pires. *Revista Ipotesi*, v. 19, n. 1, p. 14–27, 2015.

FERNANDES JÚNIOR, Rubens. *Labirinto e identidades*: panorama da fotografia no Brasil, 1946-1998. São Paulo: Cosac Naify, 2003.

FERNÁNDEZ, Horacio. *Fotos & libros*: España 1905–1977. Madrid: Reina Sofía, 2014

FERNÁNDEZ, Horacio. *Fotolivros latino-americanos*. São Paulo: Cosac Naify, 2011.

FERNÁNDEZ, Horacio. *Fotografía pública, photography in print 1919–1939*. Madrid: Reina Sofía. 1999.

FERNÁNDEZ, Horacio; GIMENO, Eloi; URIARTE, Jon; MIDDEL, Cristina de. *Libro*: Un ensayo acerca del libro de fotografía y de su momento actual en España. Barcelona: Fundación Foto Colectania, 2014.

FREITAS, Leopoldo. *Juízos críticos*: Juízos Críticos sobre Os Sertões, 1904 [1902].

GALVÃO, Walnice. *Variantes e comentários Os Sertões*. São Paulo: Ubu Editora / Edições Sesc São Paulo, 2016.

GALVÃO, Walnice. *O Império de Belo Monte*: vida e morte de Canudos. São Paulo: Editora Fundação Perseu Abramo, 2001.

GALVÃO, Walnice. *Os Sertões*: Edição Crítica de Walnice Nogueira Galvão. São Paulo: Brasiliense, 1985.

GALVÃO, Walnice. *No calor da hora*: a guerra de Canudos nos jornais, 4ª expedição, 2ª edição. São Paulo: Ática, 1977.

GALVÃO, Walnice; GALOTTI, Oswaldo. *Correspondência de Euclides da Cunha*. São Paulo: Edusp, 1997.

GIERTSBERG, Frits; SUERMONDT, Rik. *The Dutch Photobook:* A Thematic Selection from 1945 Onwards. New York: Aperture, 2012

GIORDANO, Alberto. Alan Pauls y la "literatura expandida". *Orbis Tertius*, n. 24, v. 29, s.p., 2019.

GHIRARD, Ana Luiza; RAJEWSKY, Irina; DINIZ, Thais. Intermediality and Intermedial References: an introduction, *Revista*

Letras Raras, v. 9, n. 3, p. 11-22, 2020.

GODFREY, Tony. *Conceptual art*. Londres: Phaidon Press. 1998.

GRONEMEYER, Jorge. El fotolibro. *Atlas*: Revista de fotografía y imagen, 2015. Disponível em: <https://atlasiv.com/wp-content/uploads/2023/03/Atlas-2015.pdf>. Acesso em 04 de agosto de 2024.

GUTIÉRREZ, Rafael. Formas híbridas na literatura latino-americana contemporânea. *Revista Landa*, n. 3, p. 94-115, 2015.

HACKING, Ian. *Representar e intervir*: tópicos introdutórios de filosofia da ciência natural. Rio de Janeiro: EDUERJ, 2012.

HACKING, Ian. *Ontologia histórica*. Vale do Rio dos Sinos: Editora Unisinos, 2009.

HACKING, Ian. *Múltipla personalidade e as ciências da memória*. Rio de Janeiro: José Olympio Editora, 2000.

HICKS, Wilson. *Words and Pictures*: An Introduction to Photojournalism. Nova Iorque: Harper & Brothers, 1952.

HIGGINS, Dick. *Horizons*: The Poetics and Theory of The Intermedia. Carbondale: Southern Illinois University Press, 1984.

HIGGINS, Dick. Intermídia. Tradução de Amir Brito Cadôr. In: DINIZ, Thaïs Flores (ed.) *Intermidialidade e estudos interartes*: desafios da arte contemporânea, Rona Editora: FALE/UFMG, 2012 [1966]. p. 41-50.

HOLLANDA, Heloisa Buarque. *Impressões de viagem*: CPC, vanguarda e desbunde 1960/70. Rio de Janeiro: Rocco, 1992.

JACKSON, David. Entre o banquete e a devoração: a paulicéia e o texto louco. In: WENTZLAFF-EGGEBERT, Harald (ed.). *Naciendo el hombre nuevo. Fundir literatura, artes y vida como práctica de las vanguardias en el Mundo Ibérico*. Frankfurt am Main: Vervuert, 1999. p. 267-276.

JAKOBSON, Roman. *Linguística e comunicação*. São Paulo: Cultrix, 2007.

JAUSS, Hans Robert. *A literatura como provocação*. Tradução de Teresa Cruz. Lisboa: Veja, 1993.

JÚNIOR, Araripe. Os Sertões (campanha de Canudos por Euclydes da Cunha). In: JÚNIOR, Araripe. *Juízos Críticos*: Juízos Críticos sobre Os Sertões, 1904. p. 33-71.

KARASIK, Mikhail; MOROZOV, Alexei; SHOPKOV Alexander. *Great Stalinist Photographic Books*. Moscou: Kontakt-Kultura, 2007.

KARASIK, Mikhail. *The soviet photobook 1920-1941*. Berlin: Steidl, 2015.

KARG, Alexandra. Ed Ruscha's Innovative Approach to Artist's Books. *The Collector*, 2020. Disponível <https://www.thecollector.com/ed-ruscha-artist-book/> Acesso em em 11 agosto 2024.

KIDDER, Daniel Parish; FLETCHER, James Cooley. *Brazil and the brazilians portrayed in historical and descriptive sketches*. Filadélfia: Childs & Peterson, 1857.

KITTLER, Friedrich. *Mídias ópticas*. Tradução Markus Hediger. Rio de Janeiro: Contraponto, 2016 [2002].

KORDIC, Angie; MARTINIQUE, Elena; HERZOG, Nadia. What is Photomontage - The Definition and History. Disponível <https://www.widewalls.ch/magazine/photomontage-art> Acesso em 11 agosto 2024, 2016.

KRAUSS, Rosalind. A escultura no campo ampliado (Sculpture in the expanded field). *Revista semestral do Curso de Especialização em História da Arte e Arquitetura no Brasil*, n. 1, v. 1, 1984.

LAMPERT, Letícia. Fotolivro ou livro de artista? Eis a questão. *Dobras Visuais*, 2015. Disponível em: <https://leticialampert.medium.com/fotolivro-ou-livro-de-artista-eis-a-quest%C3%A3o-84dfb733cae8>. Acesso em 05 de agosto de 2024.

MACHADO, Arlindo. *Arte e mídia*. Rio de Janeiro: Jorge Zahar, 2008.

MAFFEI, Giorgio. ¿Qué es un libro de artista? In: LAFUENTE, José Maria; MAFFEI, Giorgio; MADERUELO, Javier (eds.). *¿Qué es un libro de artista?* Santander: Ediciones La Bahía, 2014.

MARTONI, Alex. Texto, imagem e visualidade na literatura contemporânea brasileira. *Letras de hoje*, v. 55, n. 1, p. 39-50, 2020.

MAZZILLI, Bruna Sanjar. *O fotolivro como espaço de complexidade e potência para a fotografia documental*. 172f. Dissertação (Mestrado) - Escola de Comunicações e Artes, Universidade de São Paulo, São Paulo, 2020.

MEIRELES, Mateus Guimarães. Cartografia materna: a experiência da forma enquanto discurso no livro-objeto. *METAgraphias*: letra A de antiarte -ou- viva à vida, v. 1 n. 2, p. 99-119, 2016.

MELERO, Pedro Fernandez. *Serie Palabra e Imagen, editorial Lumen*. Madrid: Real Sociedad Fotográfica, 2008.

MELO, Gladstone Chaves de Melo. *Gramática fundamental da língua portuguesa*. Rio de Janeiro: Livraria Acadêmica, 1970.

MENDES, Murilo. Nota liminar. In: LIMA, Jorge. *A pintura em pânico*. Rio de Janeiro: Caixa Cultural, 2010 [1943], p. 36-37.

MERQUIOR, José Guilherme. *De Anchieta a Euclides*: breve história da literatura brasileira I. Rio de Janeiro: Livraria José Olímpio, 1979.

MOSER, Walter. As relações entre as artes: por uma arqueologia da intermidialidade. *Revista Aletria*, n. 14, v. 2, p. 42-65, 2006.

MORITZ, Neumüller. Photobook phenomenon: An Interview With Moritz Neumüller João Queiroz & Ana Luiza Fernandes. *MATLIT*: Materialidades da Literatura. 2021, p. 201-209.

MORITZ, Neumüller. Entrevista Moritz Neumüller. *Revista Gráffica*, 2017. Disponível em: <https://graffica.info/fenomeno-fotolibro-moritz-neumuller/>. Acesso em 05 de agosto de 2024.

MORLEY, Simon. Introdução: palavras e imagens. Tradução Maria do Carmo de Freitas Veneroso. In: *A intermidialidade e os estudos interartes na arte contemporânea*. Santa Maria: Editora UFSM, 2020. p. 169-182.

MÜLLER, Jürgen. Intermidialidade revisitada: algumas reflexões sobre os princípios básicos desse conceito. Tradução de Anna Stegh Camati e Brunilda Reichmann. In: *Intermidialidade e estudos interartes*:

desafios da arte contemporânea. Rona Editora: FALE/UFMG, 2012. p.75–95.

MÜLLER, Jürgen. Intermediality and media historiography in the digital era. *Acta Univ. Sapientiae, Film and Media Studies*, n. 2, p. 15–38, 2010.

NAVAS, Adolfo Montejo. *Fotografia & poesia: afinidades eletivas*. São Paulo: Ubu Editora, 2017.

NOTT, Michael. *Photopoetry 1845-2015 a Critical History*. New York: Bloomsbury Publishing Inc, 2018a.

NOTT, Michael. What is Photopoetry? *Photocaptionist*. 2018b. Disponível em: <https://photocaptionist.com/what-is-photopoetry/>. Acesso em 05 de agosto de 2024.

NOTT, Michael. Ted Hughes's and Fay Godwin's Elmet: The Remains of Photography. *Word & Image*, v. 32, n. 3, p. 264–274, 2016.

OLINTO, Heidrun; SCHØLLHAMMER, Karl Erik. *Literatura e imagem*. Rio de Janeiro: Edições Galo Branco, 2005.

OLIVEIRA, João Sócrates. Há 20 anos, a restauração por processo fotográfico ótico. In: FRANCESCHI, Antonio Fernando (ed.). *Cadernos de Fotografia Brasileira*. Rio de Janeiro: IMS, 2002. p. 62–85.

OLIVEIRA, Franklin. *Euclides: A Espada e a Letra*. Rio de Janeiro: Paz e Terra, 1983.

PANEK, Bernadette. O livro de artista e o espaço da arte. *Anais do Fórum de Pesquisa Científica em Arte da Escola de Música e Belas Artes do Paraná*. Curitiba: Unespar, 2005.

PARR, Martin; BADGER, Gerry. *The Photobook*: a history. vol 1. London: Phaidon 2004.

PARR, Martin; BADGER, Gerry. *The Photobook*: a history. vol 2. London: Phaidon, 2009.

PARR, Martin; BADGER, Gerry. *The Photobook*: a history. vol 3. London: Phaidon, 2014.

PARR, Martin. *The Chinese Photobook*: from the 1900s to the present. New York: Aperture, 2015.

PAZ, Octavio. *Signos em rotação*. São Paulo: Editora Perspectiva, 1976.

PEIRCE, C.S. (EP1, 1992; EP2, 1998), *The Essential Peirce: Selected philosophical writings*, vol. 1 N. Houser & C. Kloesel (eds); vol. 2 ed. by the Peirce Edition Project, (Bloomington and Indianapolis, Indiana University Press.) (Citado como EP, seguido de volume e parágrafo.)

__. (1931-1935), *The Collected Papers of C. S. Peirce*, vols. I-VI. eds. C. Hartshorne & P. Weiss, Cambridge, Harvard University Press, 1931-1935]; vols. VII-VIII [A. W. Burks (ed.), same publisher, 1958], Charlottesville, Intelex Corporation. (Citado como CP, seguido de volume e parágrafo.)

__. 1976. *New Elements of Mathematics by Charles S. Peirce*. C. Eisele (ed.). The Hague: Mouton. (Citado como NEM, seguido de volume e parágrafo.)

PLAZA, Julio. O livro como forma de arte (I). *Arte em São Paulo*, 1982.

PLAZA, Julio. O livro como forma de arte (II). *Arte em São Paulo*, 1982.

PHILLPOT, Clive. *Booktrek*: Selected Essays on Artist's Books (1972-2010). Zurique: JRP, 2013.

PHILLPOT, Clive. *Outside of A Dog*. (Catálogo ampliado de exposição de mesmo nome), 2004 [2003].

PHILLPOT, Clive. Books, Bookworks, Book Objects, Artists' books. *Artforum*. New York: New York, v. XX, n. 9, 1982.

PIGNATARI, Décio. *O que é Comunicação Poética*. Cotia, São Paulo: Ateliê Editorial. 2005.

PROENÇA, Manuel Cavalcanti. O Monstruoso Anfiteatro. *Estudos Literários*, 1971 [1966], p. 251-267.

RABELLO, Sylvio. *Euclides da Cunha*. Rio de Janeiro: Civilização Brasileira, 1966.

RAJEWSKY, Irina. A fronteira em discussão: o status problemático das fronteiras midiáticas no debate contemporâneo sobre intermidialidade. In: *Intermidialidade e estudos interartes:* desafios da arte contemporânea. Belo Horizonte: Rona Editora, 2012. p. 51-73.

RAJEWSKY, Irina. Border talks: the problematic status of media borders in the current debate about intermediality. In: ELLESTRÖM, Lars. *Media Borders, Multimodality and Intermediality*. New York: Palgrave Macmillan, 2010. p. 51-68.

RAJEWSKY, Irina. Intermediality, Intertextuality, and Remediation: a literary perspective on intermediality. *Intermédialités*: histoire et théorie des arts, des lettres et des techniques (Intermediality: History and Theory of the Arts, Literature and Technologies), n.6, p.13-64, 2005.

REBELLO, Ilana Silva. Do signo ao texto, da língua ao discurso: de Saussure a Charaudeau. *Gragoatá*, v. 22, n. 44, p. 1103-1122, 2017.

RODRIGUES, Rogério Rosa. Animatógrafo da guerra: Canudos e Contestado e a fotografia militar no Brasil. *Boletim do Museu Paraense Emílio Goeldi. Ciências Humanas*, v. 9, n. 2, p. 383-401, 2014.

RODRIGUES, Rogério Rosa. A Morte no front: representações da guerra na fotografia. *Anais Eletrônicos do VIII Encontro Internacional da ANPHLAC*, p. 1-11, 2008.

RODRIGUES, Simone. *Jorge de Lima, Fotomontagista*, 2010. Disponível em: <https://www.simonerodrigues.com.br/blank-18>. Acesso em 05 de agosto de 2024.

RODRIGUES, Violeta Virginia. Em foco a correlação. *Revista Diadorim / Revista de Estudos Linguísticos e Literários do Programa de Pós-Graduação em Letras Vernáculas da Universidade Federal do Rio de Janeiro*, v. 16, p. 123-139, 2014.

ROTH, Andrew. *The Open Book*: A History of The Photographic Book from 1878 to The Present. Gotemburgo: Hasselblad Center, 2004.

ROTH, Andrew. *The Book of 101 Books*: seminal photographic books of the 20th century. Springfield: Roth Horowitz, 2001.

RYUICHI, Kaneko; HEITING, Manfred. *The Japanese Photobook 1912-1990*. Berlin: Steidl, 2017.

SACCHETTIN, Priscila. *A pintura em pânico*: fotomontagens de Jorge de Lima. 235f. Tese (Doutorado) Instituto de Filosofia e Ciências Humanas, Universidade Estadual de Campinas, Campinas, 2018.

SANTANA, José Carlos Barreto. Geologia e metáforas geológicas em Os Sertões. *Revista História Ciência Saúde - Manguinhos*, v. 5, p. 117-132, 1998.

SEGOVIA, Juan. El fotolibro en España en los comienzos del siglo XXI: de la amenaza digital a la apreciación generalizada. *Fonseca, Journal of Communication*, n. 19, p. 69-86. 2019.

SENA, Jorge. Os Sertões e a epopéia no século 19. O Estado de São Paulo, *Suplemento Literário*, 1963.

SHAW, Tate. Strategic linkage: binding and sequence in photobooks. *Photobook Review*, 2012. Disponível em: <https://4ormat-asset.s3.amazonaws.com/vfs/75419/public_assets/113823009/PhotoBook-Review-2-4.pdf > Acesso em 05 de agosto de 2024.

SHANNON, Elizabeth. The rise of the photobook in the twenty-first century. *North Street Review*: Arts and Visual Culture, v. 14, p. 55-62, 2010.

SCHØLLHAMMER, Karl Erik. *Além do visível*: o olhar da literatura. Rio de Janeiro: 7letras. 2016.

SCHØLLHAMMER, Karl Erik. Regimes representativos da modernidade. *Légua & Meia*: Revista de literatura e diversidade cultural, n. 1, p. 20-34, 2002.

SCHWARTZ, Jorge. *Fervor das vanguardas, arte e literatura na América Latina*. São Paulo: Companhia das Letras, 2013.

SCHWARTZ, Jorge. O perfeito cozinheiro das almas deste mundo: diário ou ficção? In: ANDRADE, Oswald. *O perfeito cozinheiro das almas deste mundo*. São Paulo: Globo, 2014, p. 37–58.

SILVA-FATH, Telma Cristina. Os primórdios da foto reportagem: a cobertura fotográfica da guerra de Canudos na Bahia. *Periódicos Estácio*, 2016. Disponível em: <https://estacio.periodicoscientificos.com.br/index.php/cienciaincenabahia/article/view/293/290>. Acesso em 05 de agosto de 2024.

SÜSSEKIND, Flora. *O Brasil não é longe daqui*: o narrador, a viagem. São Paulo: Companhia das Letras, 1990.

SÜSSEKIND, Flora. *Cinematógrafo das letras. Literatura, técnica e modernização no Brasil*. São Paulo: Companhia das Letras, 1987.

SIMON, Maria Lúcia. Características da linguagem de Euclides da Cunha em Os Sertões. *Revista Philologus*, v. 23, p. 87–100, 2002.

SILVA BRITO, Mário. O perfeito cozinheiro das almas deste mundo. In: ANDRADE, Oswald. *O perfeito cozinheiro das almas deste mundo*. São Paulo: Globo, 2014, p. 9–17.

SILVA, Felipe Abreu. Análise da sequência e das possibilidades narrativas no fotolivro Illustrated People, de Thomas Mailaender. *Studium 39*. 2019. Disponível em: <https://econtents.bc.unicamp.br/inpec/index.php/studium/article/view/12581>. Acesso em 05 de agosto de 2024.

STEGAGNO-PICCHIO, Luciana. *História da Literatura Brasileira*. Rio de Janeiro: Nova Aguilar, 2004.

SHANNON, Elizabeth. The rise of the photobook in the twenty-first century. *North Street Review*: Arts and Visual Culture, v. 14, p. 55–62, 2010.

SILVEIRA, Paulo. *A página violada*: da ternura à injúria na construção do livro de artista. Porto Alegre: SciELO-Editora da UFRGS, 2008a.

SILVEIRA, Paulo. *As existências da narrativa no livro de artista*. 321f. (Doutorado) – Programa de Pós-graduação em Artes Visuais. Instituto das Artes da Universidade Federal do Rio Grande do Sul, Porto Alegre, 2008b.

SILVEIRA, Paulo. A faceta travestida do livro fotográfico. *Anpap*: Comitê de História, Teoria, Crítica de Arte. p. 490–506, 2015.

TORAL, André. Entre retratos e cadáveres: a fotografia na Guerra do Paraguai. *Revista Brasileira de História*, v. 19, n. 38, p. 283–310, 1999.

VENEROSO, Maria do Carmo de Freitas. Na fronteira das linguagens: palavras e imagens em livros de artista. In: *Universo Butor*. Belo Horizonte: C/ Arte, 2012.

VENTURA, Roberto. *Euclides da Cunha. Esboço biográfico*. CARVALHO, Mário Cézar; SANTANA, José Carlos Barreto (eds.). Companhia das Letras. São Paulo, 2003.

VENTURA, Roberto. Os Sertões passo a passo. *Publifolha*, 2002. Disponível em: <https://feeds.folha.uol.com.br/fsp/mais/fs0112200212.htm>. Acesso em 05 de agosto de 2024.

VENTURA, Roberto. Visões do deserto: selva e sertão em Euclides da Cunha. *Revista História Ciência Saúde - Manguinhos*, n. 5, p. 133–147, 1998.

VARTANIAN, Ivan; KANEKO, Rayüichi. *Japanese Photobooks of the 1960s and' 70s*. Nova York: Aperture Publishing House, 2009.

VOS, ERIC. The Eternal Network. Mail Art, Intermedia Semiotics, Interarts Studies. In: LAGERROTH, Ulla-Britta; LUND, Hans; HEDLING, Erik (eds.). *Interart Poetics. Essays on the Interrelations of the Arts and Media*. Amsterdam, Atlanta: Rodopi, 1997.

WANDERLEY, Andréa. Pequeno perfil de Flávio de Barros. *Revista Brasiliana*, 2015. Disponível em: <http://brasilianafotografica.bn.br/?p=3002>. Acesso em 05 de agosto de 2024.

WOLF, Werner. *The Musicalization of Fiction*: a study in the theory and history of intermediality. Amsterdã e Atlanta, GA: Rodopi, 1999.

WOLF, Werner. Musicalized fiction and intermediality: theoretical aspects of word and music studies. Tradução de Flávio Barbeitas. In: *A intermidialidade e os estudos interartes na arte contemporânea*. Santa Maria: Editora UFSM, 2020, p. 213–240.

WOLFF, Denise. The accidental photoBook. *Aperture Books*. 2016. Disponível em: <https://aperture.org/editorial/accidental-photobook/>. Acesso em 05 de agosto de 2024.

YATSKEVICH, Olga; LEDERMAN, Russet; CARSON, Matthew; LANG, Michael. *CLAP! Contemporary Latin American Photobooks 2000-2016*. Londres: 10x10 Photobooks, 2017.

ZANINI, Walter. *Rego Monteiro*: artista e poeta, 1899/1970. São Paulo: Empresa das Artes / Marigo Editora, 1997.

ZILLY, Berthold. A história encenada em Os Sertões de Euclides da Cunha. *Sala Preta*, n. 2, p. 193–205, 2002.

ZILLY, Berthold. Flávio de Barros, o ilustre cronista anônimo da Guerra de Canudos: as fotografias que Euclides da Cunha gostaria de ter tirado. *Revista História Ciência Saúde - Manguinhos*, n. 5, p. 316–317, 1998.

FOTOLIVROS CITADOS

ANDRADE, Oswald. *O perfeito cozinheiro das almas deste mundo*. São Paulo: Editora Ex Libris, 1987 [1918].

ATKINS, Anna. *Photographs of British Algae*: cyanotype impressions. 1843-1853.

BISILLIAT, Maureen. *Sertões, luz e trevas*. São Paulo: Rhodia, 1982.

CAGE, John. De segunda a um ano. Rio de Janeiro: Cobogó. 2013

CUNHA, Euclides. *Os Sertões.: campanha de Canudos*: 1.ª edição. Rio de Janeiro: Laemmert & C. Editores, 1902.

CUNHA, Euclides. *Os Sertões. campanha de Canudos*: 12.ª edição. Rio de Janeiro: Francisco Alves, 1933.

CUNHA, Euclides. *Os Sertões: campanha de Canudos*. 2.ª edição. Rio de Janeiro: Laemmert & C. Editores, 1903.

CUNHA, Euclides. *Os Sertões: campanha de Canudos*:. 3.ª edição. Rio de Janeiro: Laemmert & C. Editores, 1905. Disponível em: <https://digital.bbm.usp.br/handle/bbm/5351>. Acesso em 05 de agosto de 2024.

CUNHA, Euclides. *Os Sertões: campanha de Canudos*: Edição crítica e organização de Walnice Nogueira Galvão. São Paulo: Ubu Editora / Edições Sesc São Paulo, 2016.

DUCHAMP, Marcel. *The Green Box*. 1934.

ÉLUARD, Paul; RAY, Man. *Facile*. Paris: Editions G.L.M., 1935.

LEMINSKI, Paulo; PIRES, Jack. *Quarenta clics em Curitiba*. Curitiba: Editora Etecetera, [1976] 1990.

LIMA, Jorge. *A pintura em pânico*. Rio de Janeiro: Caixa Cultural, 2010 [1943].

RUSCHA, Ed. *Twentysix Gasoline Stations*. Los Angeles: National Excelsior Press, 1963.

RUSCHA, Ed. *Every Building on The Sunset Strip*. Los Angeles:

National Excelsior Press, 1966

RUSCHA, Ed. *Various Small Fires and Milk*. Los Angeles: National Excelsior Press, 1964.

RUSCHA, Ed. *Some Los Angeles Apartments*. Los Angeles: National Excelsior Press, 1965.

RUSCHA, Ed. *Thirtyfour Parking Lots*. Los Angeles: National Excelsior Press, 1967.

RUSCHA, Ed. *Nine Swimming Pools and A Broken Glass*. Los Angeles: National Excelsior Press, 1968.

RUSCHA, Ed. *Real Estate Opportunities*. Los Angeles: National Excelsior Press, 1970.

TALBOT, William Henry Fox. *The Pencil of Nature*. Talbotype Manufacturing Establishment in Reading, 1844-1846.

TALBOT, William Henry Fox. *Sun Pictures in Scotland*. Talbotype Manufacturing Establishment in Reading, 1845.

ANA FERNANDES

É pós-doutoranda em Literatura Comparada (2022-atual, FAPERJ — PDR10) pelo programa de pós-graduação em Letras (Literatura, Cultura e Contemporaneidade), PUC-Rio. Tem pós-doutorado em Estudos de Intermidialidade (CNPq) pelo programa de pós-graduação em Comunicação (Processos Comunicacionais e Interfaces Sociais), Universidade Federal de Juiz de Fora. Fernandes é pesquisadora associada aos grupos Literatura no século XXI (PUC-Rio) e *Iconicity Research Group* (UFJF). Email: analuizadagama@gmail.com

JOÃO QUEIROZ

É professor do Instituto de Artes e do Programa de Pós-Graduação em Linguística da Universidade Federal de Juiz de Fora, e pesquisador associado ao Dept. de Linguística, da Universidade *Free State*, na África do Sul. Queiroz é autor, editor e co-editor de diversos livros e *special issues* nas áreas de Humanidades Digitais, Estudos de Intermidialidade, e Semiótica Cognitiva, incluindo o *Commens Digital Companion* to Charles S. Peirce, uma colaboração com a Universidade de Helsinque. Website: https://joaoqueirozsemiotics.wordpress.com

EDIÇÃO
Adriana Maciel

PRODUÇÃO EDITORIAL
Jul

PROJETO GRÁFICO
Ana Lancman

REVISÃO
Nicolas Casal

F788i Fernandes, Ana

A invenção do fotolivro de literatura / Ana Fernandes, João Queiroz.
- Rio de Janeiro : Numa Editora, 2025.
224 p. : il. ; 17cm x 23cm.

Inclui bibliografia e índice.
ISBN: 978-65-83546-01

1. Literatura. 2. Fotolivro. I. Queiroz, João. II. Título.

2025-1192 CDD 800
CDU 8

Elaborado por Odilio Hilario Moreira Junior - CRB-8/9949

Índice para catálogo sistemático:
1. Literatura 800
2. Literatura 8

Este livro foi financiado pela FAPERJ - Fundação Carlos Chagas Filho de Amparo à Pesquisa do Estado do Rio de Janeiro, pelo edital Programa de Apoio à Editoração - 2023, Processo SEI-260003/006106/2022

contato@numaeditora.com
@numaeditora
numaeditora.com

Este livro foi composto em
Spectral (texto), Ouma (título)
e Vinila (subtítulos) e impresso
em papel Offset 90g para a
Numa Editora, em 2025